THE TURN OF THE SCREW

HENRY JAMES

豪門幽魂

亨利・詹姆斯｜著
柯宗佑｜譯

目次

總序
聽見譯者的聲音——賴慈芸　005

推薦序
永遠找不到答案的謎團——張東君　014

特別收錄
亨利・詹姆斯的故事還未說完——南方朔　017

譯序
眞實後的幻象，幻象後的眞實　026

豪門幽魂　041

經典文學新譯計畫總序

聽見譯者的聲音

想像你今天走進一家書店或圖書館，來到世界文學的專櫃前面。很多作品你都聽過名字，別的書裡也許提過，也許小時候看過改編的青少年版本，也許還看過改編的電影電視版本。但不知為何就是沒有真的讀過全譯本。假設你拿起了其中的一本，但一看左右還有六、七種版本呢。那該選哪一本好呢？比較封面、印刷字體大小、推薦者、出版社的名聲、出版年代、還是譯者？

其實，其中影響最大的是譯者。你所讀的每一個中文字都是譯者決定的，每一個句子的節奏都是譯者安排的。每個句子都有不只一種譯法，是譯者決定了用哪種結構，在哪裡斷句，用哪一個詞彙，要不要用成語；也可以說決定了文學翻譯的風格。咦？你也許會問，那作者的風格呢？譯者不是應該盡可能忠實於原作的風格嗎？這就是文學翻譯有趣的地方，也是很多讀者不知道的祕密。

文學翻譯其實是一種表演。就像音樂演奏一樣：作曲家決定了音符和節奏；但聽眾聽到的是演奏家的演出。沒有演奏家會把巴哈彈得像蕭邦，但每一個巴哈的演奏家都有自己的風格，就像每一個蕭邦的演奏家也都不一樣。沒有演奏家，音樂等於不存在。沒有譯者，陌生語言的文學也等於不存在。作者決定了故事的內容，但把故事說出來的是譯者。譯者決定在哪裡連用快節奏的短句，在哪裡用悠長的句子減緩速度。哪裡用親切的口語，哪裡用咬文嚼字的正式語言。譯者的表演工具就是文字。

而且譯者是活生生的人。有自己的時空背景、觀點、好惡、語感。也就是說，兩個譯者不可能譯出一模一樣的譯文，就像每一個男高音唱出來的〈公主徹夜未眠〉都有差異。面對同樣的模特兒或靜物風景，每個畫家的畫也都不一樣。就翻譯來說，就算其中某個短句可能雷同，一整個段落也不可能每個句子都選擇一樣的形容詞、一樣的動詞、一樣的片語。五十年前的譯者，不可能和今天的譯者譯出一模一樣的段落；大陸的譯者，也不可能和台灣譯者風格雷同。

而所謂經典，就是不斷召喚新譯本的作品。村上春樹在討論翻譯時曾提出翻譯的「賞味期限」：他說翻譯作品有點像建築物，三十年屋齡的房子是該修一修了，五十年屋齡的房子也該重建了。因為語言不斷在變，時髦的語言會過時，新奇的語法會變成平常，新的語言不斷出現；所以對於重要的作品，每個時代都需要新的譯本。

但台灣歷經一段非常特別的歷史，以至於許多人對文學經典的翻譯有些誤解。很多讀者小時候看的經典文學翻譯，是不是翻譯腔很重？常有艱深而難以理解的句子？根本不知道譯者是誰？即使有名字，也不知道是男是女，年紀多大？有些作品掛了眾多名人推薦，但書封、書背、版權頁到處都找不到譯者的名字？甚至於書上有推薦者的生平簡介，卻毫無譯者簡介，彷彿誰譯的不重要，誰推薦的比較重要。為什麼會有這些怪象？

這是因為從戰後至今，台灣的文學翻譯市場始終非常依賴大陸譯本，依賴情形可能遠超過大多數人的想像。台灣在戰前半世紀是日本殖民地，普遍接受日本教育，官方語言是日文；漢人移民以閩粵原籍為主，日常語言是台語和客語，影響現代中文甚鉅的五四運動發生在日治時期，台灣並沒有親歷五四運動，中文私塾教的還是文言文。也就是說，戰後大陸接收台灣時，台灣人民在語言上面臨極大的困難。中華民國國語根據的是北方官話，對台灣居民來說已經是全新的語言了；五四運動後提倡我手寫我口，不會說就不會寫，因此台灣人的白話文也寫不好。至於翻譯，民初還有文言白話之爭，一九三〇年代以後白話文翻譯已成主流，對於國語還講不好，白話文還寫不好的台灣人來說，要立刻用白話文翻譯實在不太容易。因此除了少數隨政府遷台的譯者之外，依賴大陸譯本是順理成章的事情，如果不是受到政治因素干擾，本來也沒有太大問題。我們也沒聽說過美國讀者會拒絕英國譯者的作品。

問題出在戒嚴法。一九四五到一九四九年間，已有好幾家上海出版社來台開設分店，把大陸譯本帶進台灣。但一九四九年開始戒嚴，明文規定「共匪及已附匪作家著作及翻譯一律查禁」，由於隨政府遷台的譯者人數不多，絕大部分的譯者遂皆在查禁之列。這些查禁若嚴格執行，台灣就會陷於無書可出的窘境，因此從一九五〇年代開始，一些出版社開始隱匿譯者姓名出版。啟明書局每一本譯作皆署名「啟明編譯所」翻譯，新興書局則會取一些「卓儒」、「顧隱」等假譯者名，大概是取「著名學者」和「因故隱之」之意。一九五九年內政部放寬規定，將查禁辦法改為「附匪及陷匪份子三十七年以前出版之作品與翻譯，經過審查內容無問題且有參考價值者可將作者姓名略去或重行改裝出版」，等於承認上述手段合法，因此後來各家出版社紛紛跟進，「林維堂」、「胡鳴天」、「紀德鈞」等假譯者皆有甚多「譯作」，最多產的譯者則要算「鍾斯」和「鍾文」了，可以從希臘荷馬史詩、阿拉伯文的天方夜譚，中古的神曲，翻到法文的大小仲馬、英文的簡愛，甚至連海明威和勞倫斯都可以翻譯，真是無所不能。書目中登記在「鍾斯」名下的經典文學超過二十部，相當驚人，而且這兩個名字還可以互換，有些版本是「鍾斯」的，再版時卻改署「鍾文」，更添混亂。

因此，在「本地翻譯人才不足」及「戒嚴」這兩大因素之下，台灣的經典文學翻譯簡直成了一筆糊塗帳。解嚴前的英美十九世紀前小說，大概有三分之二是大陸譯本，法文、俄文的比例可能更高。而且因為這個不能說的祕密，譯者完全被消音了。最具譯者個人色彩的譯者序跋常常會留下破綻，例如一九六九年出版的《西線無戰事》，譯者序居然出現「譯者做這篇序的時候，華北正在被人侵略」字樣，匪夷所思（其實這篇譯序是錢公俠一九三六年在上海寫的，一點也不奇怪）；或是書名明明是《金銀島》，序卻寫「這本《寶島》……」（因為抄的是顧鈞正的《寶島》，編輯忘了改序）。因此後來比較聰明的出版社多半拿掉原譯序，以免露出破綻；有些還會用介紹作者作品的文字作為「代譯序」，或放些作者照片，希望讀者完全忘記譯者的存在。在這種做法之下，譯者不但名字遭到竄改，連個人翻譯的心聲看法也一併被消音了。

戒嚴期間依賴大陸譯本的情形，還不限於一九四九年以前的舊譯。事實上，一九五〇年代的大陸譯本仍源源不絕地繼續流入台灣市場（可能是透過香港），當然也是易名出版。到一九五八年以後，因為大陸動亂，譯本來源中斷了二十年，下一波引進的大陸譯本是文革後作品，一九八〇年代的「遠景」、「志文」都有不少文革後新譯本，但彼時台灣仍在戒嚴期間，所以也還是以假名出版。一九八七年解嚴之後，才逐漸有出版社引進有署名的大陸新譯本。這個時期雖然有些版權頁會註明譯者是誰，但出版社似乎仍不希望讀者知道這是對岸作品，也不強調譯者，多半請本地學者及作家寫導讀和推薦文章，譯者的聲音還是極其微弱；甚至有些譯作，列了一大堆推薦序，就是不知道譯者是誰。加上原來的假譯本也沒有立即消失，仍繼續印行十餘年，今天還可以買到，更別說各圖書館書目及藏書也都沒有更正，研究者仍繼續引用錯誤的資料，譯者的聲音仍然沒有被聽見。

因此，今天這套書的意義，不只是「又一批經典新譯」而已。我們還希望讀者可以聽見譯者的聲音。每一個譯者都會以表演者的身分，寫下譯序。他們也是讀者，有自己的閱讀經驗，有自己的偏好；他們知道自己的翻譯不是第一個，可能也不會是最後一個，但他們的譯作是在今天的台灣出現的，有今日台灣的語言特色，不同於其他時候和別的地點。過去匿名發行舊譯的年代，不少譯作是一九四〇年代的作品，除了有語言過時的問題之外，翻譯策略偏向直譯，也是一大問題。比較起來，一九二〇年代的作品雖然較早，其實比較易讀。以前課本收錄的幾篇翻譯作品，如胡適譯的《最後一課》和夏丏尊譯的《愛的教育》，就都是一九二〇年代作品。但由於戒嚴期間盲目改名出書的結果，台灣經典翻譯以一九四〇年代的直譯為最多，造成文學作品就是翻譯腔很重、很難讀的普遍印象。我們希望透過這一批的新譯，一方面是讓譯者發聲，有清楚的「生產履歷」，讓讀者意識到你所讀的是譯者和作者合作的成果；一方面也希望除去「文學作品都很難讀」的印象，讓讀者可以體會閱讀經典的樂趣。

閱讀世界經典文學是人文素養的一部分，但一種外語能力好到可以讀原文的文學名作談何容易，遑論三、四種以上的外語。英國的企鵝文庫、日本的岩波文庫、新潮文庫等皆透過譯本，為其國人引進豐富的世界文學資產。英美作家常引用各國文學作品；村上春樹、大江健三郎這些著名作家，也常常在散文中提起世界文學的日譯本。但台灣的文學翻譯有種種不利因素，首先是前述的譯本過時、譯者消音現象；再來是英文獨大，很多人看不起中文譯本，覺得要讀就讀原文（即使是英文譯本也強過中文譯本）；再來就是升學考試壓力，讓最該讀世界文學的學生往往就錯過了美好的文學作品，未來也未必有機會再讀，極為可惜。我們希望藉著這套譯本，為翻譯發聲，讓大家理直氣壯地讀中文譯本；也讓台灣的學生及各年齡層的讀者，有機會以符合我們時代需求的中文，好好閱讀世界文學的全譯本，種下美好的種子。

賴慈芸

國立台灣師範大學翻譯學研究所副教授

推薦序

永遠找不到答案的謎團

答應要幫《豪門幽魂》寫導讀序，其實是對自己的一種挑戰。

在我懵懂無知的小時候，我曾經因為喜歡《國王與我》、《金玉盟》的女主角黛博拉．寇兒，不小心跟著我媽媽看了她主演的另一部電影，而有點受到驚嚇。過了幾年，問清楚當時那部電影其實是有中文版小說，書名叫《碧廬冤孽》時，就去圖書館借了書來看。不過我得很誠實地說，我其實有看沒有懂。但是從書中獲得的毛骨悚然感依舊。這次，應該算是我對這部作品的第三次挑戰。我實在很想知道一本小說，為什麼會讓我從小到大都看不懂，卻仍舊沉浸於其中的氣氛、無法忘記它的內容，時不時就想一想這本書到底是恐怖小說，還是懸疑小說？這本書，在出版了一百一十五年之後仍然糾纏著我。

而這，就是亨利・詹姆斯了不起之處。

結果，在這麼多年之後，我想把它定位成結合多種要素的推理小說。當然，它不是本格推理，但它的確算得上是本文學氣息很重的敘述性詭計故事，而用個開放性的結尾，讓讀者聽眾自己去想像故事的發展。我想也正是因為如此，我才會被自己的想像拉著跑，拉扯到自己害怕的心靈黑暗面去，自己嚇自己、從小嚇到大，卻還一直記掛著這個故事，想要知道它的真相究竟為何。因為在故事中有許多沒有得到回答的疑問。

小時候看電影，我看到的是導演與演員對這個故事的詮釋，受電影中塑造出來的氛圍驚嚇。大一點看書，看到的是主述者（女家庭教師）的糾結情緒，思考過程、心情變化，被作者牽著鼻子走。到了現在，則是努力想要讓自己不被文字所惑，希望能夠挑戰作者創出來的謎團，得到正確的解答。可惜再怎麼重讀，我還是輸了。而且我想提出來的疑問還有增無減。

我只能再說一次，亨利・詹姆斯，你了不起！你讓一本書，成為有多少讀者，就變幻為多少版本的故事。

假如有人能徹底解開書中每個謎團的話，可以好心點，告訴我答案嗎？

張東君
推理評論家

特別收錄

亨利・詹姆斯的故事還未說完

亨利・詹姆斯逝後聲名更盛，愈來愈多傳記、書信集、研究著作，甚至作家以他為創作的題材，都是讓他「大師」的地位更加被烘托，也更加被固定。亨利・詹姆斯在他自己的房間裡看世界，而他看的可真是不同啊！

愈來愈多人都承認，亨利・詹姆斯乃是「美國任何時代最偉大的作家」之一，而且可能還是排名第一。但可能很少人想像得到，在他逝世多年之後，人們對他的好奇心卻日益增加。有人甚至認為二〇〇四及二〇〇五年乃是文學上的「亨利詹姆斯年」。

因為，在二〇〇四年一年裡，就有兩位當今英語頂級作家以他的生平為題材，寫成小說創作。它是當今愛爾蘭主要作家柯姆・托宜賓（Colm Tóibín）所著之《大師》（*The Master*），以及英國作家大衛・洛吉（David Lodge）所寫的《作者・作者》（*Author, Author*）。到了二〇〇五年底，柯姆・托宜賓又將亨利・詹姆斯以紐約為題材的九篇小說輯成《詹姆斯的紐約故事》。其實，以亨利・詹姆斯為題材的小說已非新事，以前，霍林赫斯特（Alan Hollinghurst）及旦能特（Emma Tennant）就有過嘗試，但像托宜賓和洛吉這種嚴肅的作家會以一個過去的作家為小說題材，卻極稀少，縱使放在全世界看，前例亦不多。

「傳奇」

洛吉把那麼多人對亨利・詹姆斯有興趣，稱為「這是一種傳奇」。但為什麼會出現這種「傳奇」，他卻沒有解釋。自從亨利・詹姆斯逝世後，他的地位日益崇隆，這卻是事實。尤其是學者艾戴爾（Leon Edel）窮廿年的研究，從一九五三到七二年分批完成五大卷的《亨利詹姆斯傳》，並編集了他的書信後，他的「偉大化」即已完成了奠基工作。接著他最重要的作品如《鴿翼》（*The Wings of The Dove*，另譯《慾望之翼》）、《金樽記》（*The Golden Bowl*）等都被成功搬上銀幕，使得他由原本只算文學菁英這一層的小眾而進入了大眾。研究亨利・詹姆斯的都知道，他在一八九五年，也就是五十二歲那一年，曾遭遇到畢生最大的挫折和危機，他希望能在舞台事業上追求成功和富裕，他的新戲《蓋・董維爾》（*Guy Domville*）在倫敦上演。雖然演員一流，英國的文化貴族群如蕭伯納、威爾斯（H.G.Wells）、阿切爾（William Archer）等也都友情贊助、全力相挺，如此陣仗卻救不了這齣戲，首演即被後排買票觀眾噓成一團；而最慘的是，他悄悄去現場看首演的反應，男主角亞歷山大居然把他推到台上介紹，更讓現場亂成一團。這次慘痛的經驗讓他相信自己的文學和舞台是不相合的，他並因此而憎恨在舞台上功成名就的作家如王爾德等，並拒絕了王爾德的友誼。但由他死後，作品被別人成功改編，證明了他的作品並非與舞台不合，而只是證明了他當時演出劇本的錯亂。他的作品後來在大眾層上獲得成功，終於彌補了他生前的缺憾。

亨利・詹姆斯在死後聲名日盛，近年來還得到後輩頂級作家的好奇，下了很大的功夫去研究他，將他寫成小說，藉以探索他的生命歷程。這種「亨利詹姆斯熱」實在很難解釋。我們都知道他的祖父是來自愛爾蘭的移民並因而致富，到了他的父親老亨利已成了當時最主要的通俗宗教信仰家。到了他這一代，哥哥威廉・詹姆斯（William James, 1842-1910）已成了第一個美國的「本土哲學家」，再加上亨利・詹姆斯及其姐弟，就美國國家的文化發展而言，這個「詹姆斯家族」可算是「美國本土第一文化世家」。而除了這種「第一文化世家」的歷史位置讓人覺得重要外，我們也知道老亨利所認同的其實是歐洲豐富的文化，因而在他子女年幼時即帶著一路在歐洲各地旅行，而非常特殊的，他們家裡包括威廉、亨利的姐姐愛麗絲等人都有很強的「愛爾蘭意識」，獨獨亨利・詹姆斯一方面非常親英，但又有「新美國，老歐洲」這樣的見解，這都充份顯露在他的作品中。他的這種認知，其實和當今美國的心情完全吻合，這或許也是人們對他特別重視的原因之一。

女性氣質

而這些都只是外部因素，就文學角度而言，亨利・詹姆斯有著太多疑惑，長期以來都被人放在心裡。他的作品裡有很強的女性氣質；影響他最大的，其實是祖母伊莉莎白（Elizabeth Walsh）、表姐妹敏妮（Minny Temple）及康士坦絲（Constance Fenimore Woolson），以及兩個愛麗絲：一個是嫂嫂愛麗絲，一個是姪女愛麗絲。她們都不斷出現在他的小說裡；而除了女性氣質外，亨利・詹姆斯的性別認同和他對自己當年那種曲高和寡的文學孤芳自賞、堅持到底的決心，或許更讓人在撲朔迷離下產生好奇。說得淺白一些，亨利・詹姆斯的性別認同是什麼？他是不是一個同性戀者？

而我覺得當代愛爾蘭主要作家，早已出櫃的同性戀者柯姆・托宜賓在碰觸這些問題時，表現得可能最為周到。他那本極受好評的小說《大師》，以一八九五年一月，亨利．詹姆斯的劇本《蓋．董維爾》的失敗為始，以一八九九年十月他和哥哥威廉的家人在英國過冬兼度耶誕為終，由他五十二歲寫到五十六歲，是典型的「中年危機」，中間則穿插了一段亨利．詹姆斯和後來成為美國法律史上極為重要，擔任大法官三十年的赫梅士（Oliver Wendell Holmes, 1841-1935）兩人年少時裸體同床共枕的插曲。他們兩人：「乃是老世界的一部份。都很正派，都是清教徒，受到喜歡探索而又喜愛的父親，以及十分戒慎而又叮嚀的母親之影響，他們都對自己的一生相信自我追求的命運感。」這種相似性，使得兩人相裸共枕的插曲，在性別認同問題上留下了許多可探索的空間。托宜賓在二〇〇五年所編的《詹姆斯的紐約故事》裡即明言，參酌亨利．詹姆斯的一生，以及他對自己出生地紐約那種毫不掩飾的厭惡。他認為亨利．詹姆斯從十歲起即被父親帶著跑歐洲各地，這使得他在自我以及自我性別認同的問題上都受到了干擾和阻斷。加上紐約的巨變：他家的舊宅被夷平，他的伊甸園突然間消失，這都使得他在自我最深的那個層次再也無法成長。他其實並不是同性戀者，而是性別認同停滯，不知道自己是什麼樣的人。除了性別無依外，他其實也是所有地方的流浪者，縱使對他後來入籍的英國亦然。最後除了對自己的文學還有固執的相信外，他所有的其實已不多了。

對自己風格的堅持與判斷

托宜賓在《大師》裡，以亨利・詹姆斯的「中年危機」這一段切入，其實非常匠心獨具。中年危機是他一生寫作、事業、親情、性別等所有困惑最嚴重的階段。該書最後一章寫一八九九年耶誕前及同度耶誕時兄弟兩人的互動。哲學有成的哥哥威廉對弟弟的文學，做了很尖銳的批評和務實但媚俗的建議，那是一場兄弟交鋒，威廉當然沒有說服，但卻激發出亨利・詹姆斯真正的潛力。他最重要的三大傑作：《鴿翼》出版於一九〇二年、《奉使記》（*The Ambassadors*）出版於一九〇三年、《金樽記》出版於一九〇四年。威廉和亨利兩兄弟皆才華出眾，年少讀書，都是哥哥先獨佔，弟弟只有撿哥哥不要的東讀西讀，胡亂閱讀。在胡亂中鑽研出獨特的自己。三大傑作完成後，弟弟終於在他的一生裡，正式超過了哥哥。托宜賓在《大師》最後一章以兄弟交鋒收場，後來不再著墨。我認為是抓住了亨利・詹姆斯的核心那一段。

而同獲好評的英國作家洛吉，在《作者・作者》裡，對亨利・詹姆斯的性別及創作謎團，則以同時代另一作家杜冒瑞爾（Gerald DuMaurier）為參照點。亨利・詹姆斯和他有著謎團般的感情關係，後來杜冒瑞爾由藝術家改行寫作，走大眾路線，寫了暢銷之作《崔爾軍》（*Trilby*），鋒頭及收入壓過了亨利・詹姆斯。只是到現在，杜冒瑞爾是誰，已很少人知道了。亨利・詹姆斯對自己風格的堅持與判斷，才是他一生最傑出的特點。而非常可惜的，乃是在我們的文學圈子裡，仍只將對他的理解，局限在《一位女士的畫像》上，對那三大傑作反而掉以輕心。

亨利・詹姆斯逝後聲名更盛，愈來愈多傳記、書信集、研究著作，甚至作家以他為創作的題材，都是讓他「大師」的地位更加被烘托，也更加被固定。亨利・詹姆斯在他自己的房間裡看世界，而他看的可真是不同啊！

南方朔
時事評論家

原刊於二〇〇六年七月三十一日中國時報人間副刊，經南方朔先生同意後收錄於本書中。

譯序

眞實後的幻象，幻象後的眞實

法國精神分析學者拉岡（Jacques Lacan）曾提出「語言之牆」（wall of language; mur du langage）的概念，描述發話者嘗試吐露內心千絲萬縷的欲望，但即便費盡言詞，也無法全然讓他者知曉，彷彿遭一堵無形高牆阻撓。

語言便是如此弔詭的事物，看似承載了既定的意義，然而，一旦觸及廣大閱聽人，卻會衍生無數詮釋，以及天馬行空的聯想。最終，說話的人或許直跳腳，不滿原欲傳達的意義遭曲解；又或許淡然面對恣意繁殖的詮釋枝葉，甚至引以為美。

在日常生活中，人們往往擺盪於兩極之間。溝通不順時，我們絮叨；絮叨無濟於事時我們乾脆沉默惆悵。同一語言內部業已紛紛擾擾，遑論跨語際溝通？譯者作為「專業翻牆者」，肩負探究語言載體背後「真實」的任務，自然不免撞牆，頻頻落得望牆興嘆。

譯亨利・詹姆斯的《豪門幽魂》，便是一次企圖翻越敘事者設下的高牆，挖掘「真實」的苦行之旅。

❁

這部小說，原名*The Turn of the Screw*，字面指的是「轉螺絲釘」，在故事裡頭出現時，意涵已不純為圖像描述，而是引申為情緒「愈繃愈緊」。

確實，此小說以懸疑驚悚聞名於世，只不過，情節倒相當單純：故事前三千字，以耶誕夜鬼故事聚會開場，安排某與會者吐露聽聞而來的怪譚，爾後，怪譚當事人接下敘事重任，自述「撞邪」經歷，直至篇末。

喜愛觀謎、解謎的讀者，徹讀此書後，肯定大失所望，因為這個故事除了說故事，還是說故事，更參雜了大量的敘事者內心戲。曾經發生過的種種，隨著第一人稱敘事鋪陳，似乎逐漸明朗，但我們又不禁要問，被揭露的內容公正客觀嗎？換言之，是全然貼合「真實」的嗎？很抱歉，掀起真相面紗的舒暢時刻，顯然給作者閹割了。

不願與真相纏鬥的讀者，自可放下書本，揮袖而去；然而，隨文字亦步亦趨的譯者，卻沒有投降的權利，在琢磨文字意義，以便產出譯文時，心頭的螺絲釘當真愈扭愈緊，逼得人幾近窒息。

☸

故事中，出身鄉下的妙齡女老師來到了大莊園，替有錢人家照顧一對小兄妹。一身書卷氣的主人翁，渴望一展統御長才，以博得雇主青睞，偏偏天生纖細敏感，察覺了眾人刻意隱藏的祕密。女主角雖決心挖出真相，但就其敘事觀之，真相卻是忽明忽滅，似近實遠。

的確，亨利・詹姆斯的拿手好戲，便是營造一座又一座的語言迷牆，讓山乍看似山，然第二眼瞧上，卻又覺不是山。那些迂迴纏繞的句子，華麗深奧的辭藻，以及焦躁不安的獨白，皆足以使旁觀者為之屏息，而當人物對話開始爬滿書頁，竟彷彿久旱逢甘霖，將人心頭的螺絲釘旋鬆了幾下。

這麼一冊惑人心神的文字，倒也頗受歡迎，屢屢出現電視劇及電影改編版，見諸歐美。不過在台灣，相對為人熟知的形式，依舊是翻譯後的印刷文字。話說，就詹姆斯所有小說作品而言，台灣所流通的中譯本並不算多，多數僅出現一種譯本*，唯獨《豪門幽魂》，卻是譯本最豐的一部。

我所查到的中譯本，依出版時序排列，譯者分別為秦羽（1963）、張桂越（1971）、李蘭芝（1981）、朱乃長（2002）。熟悉詹姆斯譯本的讀者，或許已經發現蹊蹺了：各位手中捧著的《豪門幽魂》，從前並不叫《豪門幽魂》，而是《碧廬冤孽》。

這一名之轉，由於決定權不歸我，因此細故如何，在此不多加著墨。倒是舊名《碧廬冤孽》令人頗生好奇，莫非這富貴人家，竟蝸居碧青色矮廬裡？事實上，在首開先河的秦羽譯本中，「碧廬」指的正是莊園所在地Bly，除作為音譯外，詞彙意象多少有些浪漫成分。妙的是，沿用舊題的朱乃長譯本，又把Bly譯為「勃萊」，單讀此譯本的讀者，多半會因標題困惑好一陣子。

無論如何，舊譯總是能替新譯指引方向，尤其譯這部迷魂之作，往往須透過譯文比對，才能確定自己是否強作解人。不過，詮釋歸詮釋，策略歸策略，一旦抓穩了策略，便得一以貫之，不為他人所動搖。譯這部小說，除了把握「以當代語言重新表達」的精神，我真正重視的，是力求呈現原作敘事氣氛及節奏，並小心揀詞，避免歪曲角色形象。倘若放過這些細節，故事懸疑不但大打折扣，更將徒增無謂困惑，折磨讀者。譯者原為「翻牆人」，要是反成「築牆人」，還真是失職了。

以下，我將以兩則譯例說明個人翻譯策略，同時以秦羽、張桂越、朱乃長三人譯本作對照。第一個例子，是書中常見的「迷魂」敘事獨白體：

(Chapter 6) It took of course more than that particular passage to place us together in presence of what we had now to live with as we could—my dreadful liability to impressions of the order so vividly exemplified, and my companion's knowledge, henceforth—a knowledge half consternation and half compassion—of that liability.

先看三個舊譯版本：

（秦譯）現在我們的生活裡有了一些新的東西——我對於鬼怪的特殊感受能力，和我的同伴對於我這種能力，一半驚愕一半同情的認識——能夠使我們共同應付這些新的事物的，當然不止上面那一段對話。

（張譯）除了上述的事件以外，我們還共同經歷了一些其他的事情，使得我們彼此得以同心度過這些日子。

（朱譯）我們現在一定得並肩面對我們必須承認的情況：活生生的鬼魅，使我草木皆兵，而事情發生後，我的同伴對我的感受有所瞭解——半是驚愕、半是同情。當然，使我們站在一起的，並不全靠上面提到的那段談話而已。

張譯或許碰上了解讀困境，譯文刻意省略了某些部分，導致篇幅明顯較其他版本短；秦譯以「新事物」為綱領，搭配破折號插入後飾，架構出帶有英文句法的中文譯文；朱譯則以不同的方式詮釋my liability to impressions，使得譯文走向與前者迥異。

然而，原文乍看複雜，但困擾主要來自抽象模糊詞彙（包括liability、impression、knowledge等字）所帶出的心理／超現實情境，而非句式本身，若僅在句法形式上貼合原文，不但給中文讀者帶來更多閱讀障礙，此無關宏旨的段落，也將顯得過於煞有其事。因此，我的譯文採取了新策略：

顯然，我擁有特異的感知能力，連葛羅思太太也察覺了，她一方面驚愕，一方面也對我抱持同情；當然，除了上述對話之外，我們還花了不少時間，才能坦然面對這項新發現。

一方面，我選擇掌握敘事者思維邏輯，以中文習慣鋪排出來，另一方面，我根據前後文意脈絡，替took more than that particular passage增譯，添加「還花了不少時間」一句，以使全句更順暢可讀。此外，我刻意保留impressions一字的曖昧空間，不立即稱「鬼」，以便呼應作者閃爍其詞的一貫筆法。正由於類似段落在書中俯拾即是，我認為譯者的策略必須彈性、全觀，才容易維持原文氣氛與節奏，讓讀者輕鬆融入故事情境。

第二個例子，取自女老師（即敘事者）與管家葛羅思太太的對話：

(Chapter8)

I pressed again, of course, at this. "You reminded him that Quint was only a base menial?"

"As you might say! And it was his answer, for one thing, that was bad."

"And for another thing?" I waited. "He repeated your words to Quint?"

同樣先看三個舊譯版本：

（秦譯）

於是我把她逼得更緊了。

「妳是不是提醒他，昆德只是個低三下四的傭人？」

「也可以這麼說，他回答我的話很壞。這便是一樁了。」

「還有別的呢？」我等待著。「是不是他把妳的話告訴昆德了？」

（張譯）

「妳提醒他，昆彼得只是個下人？」我追問道。

「妳可以這麼說！而他回答我的態度相當惡劣——這是我說他不好的原因之一。」

「原因之二呢？」我等著她的答案。「他把妳的話都告訴了昆彼得？」

（朱譯）

當然，一聽這話，我就緊追一句。「妳提醒他說，奎恩特只是個地位低下的傭人？」

「妳可以這麼說！他回答我的話，就是他做下的壞事之一。」

「那麼，壞事之二呢？」我等了一會。「他把妳的話對奎恩特說了？」

若將以上對話讀出聲，不免使人彆扭，而問題癥結，便是對話用語習慣。在二十一世紀的台灣，我們很難想像有人說出秦譯的「這便是一樁了」，或是大聲回應張譯與朱譯的「你可以這麼說」，畢竟這兩句中文在我們這個時空的對話場域裡，幾乎不存在。至於張譯「而他回答我的態度很壞」一句，則混入了文言詞「而」，這樣的文白交雜形式，一經其他譯本對照，也立刻顯得不對勁。

誠然，這些譯法可能帶來新奇的陌異感，但對敘事本身可謂幾無助益。若再論角色形象，女主角顯然是文雅之人，思考、敘事總是書卷氣滿盈，但葛羅思太太卻腹笥甚窘，從她聽不懂contaminate一詞，而要請女主角釋義一事，便能略窺一二。然而，無論是前述的「而他」，或是朱譯的「他做下的壞事之一」，都讓老管家顯得造作，成了如女主角般咬文嚼字之人。其實，正是兩人的學識落差，才讓女主角自命不凡，少了這段差距，許多內心獨白根本難以立足。

有鑑於此，我譯對話時只得小心揀詞，反覆讀誦，以削減上述突兀感：

我當然繼續追問下去：「妳是想提醒他，昆特只是個卑賤的傭人嗎？」

「大概是這樣沒錯！但他回我的話，內容眞的很糟糕。這是其中一點。」

「所以還有別的？」我停頓了一會，等她回話。「他是不是把妳說的話，全都和昆特說了？」

以「卑賤」譯base menial，突顯女老師學養不凡，以「糟糕」譯bad，點出管家質樸率真，這便是新譯本的企圖：保留原作神韻，同時順水推舟，替當代對話用語習慣寫下歷史見證。

❁

無須諱言，譯者再怎麼用心觀照全局，對原作的所有理解，依舊出自個人詮釋；翻譯時，念茲在茲的雖為「保留」，佚失、衍義仍不可避免。但這便是翻譯。語言能承載的意義，因人、事、時、地不同，將開散出無窮盡的結果，在表述空間愈大的文類中，愈是如此。擺著渡船的譯者，一手緊捏梗概，一手捉撈氣韻，奮力循著語言的繩索還原真相，也堪稱特技表演了。

但到頭來，我們千萬得謹記，在語詞鋪成的路上，處處是陷阱；由文字築成的世界，不只存在事實對錯，更混雜了模稜兩可的記憶與欲望，隨時等著將人拽入誤解坑洞。當敘事翻山越嶺，透過譯者橫跨語文疆界，我們以為摸到了遠方的真相，但或許這只是撞上那道語言高牆之後的錯覺。拼命學習翻牆的譯者，能做的不多，不過是從百花齊放的錯覺中，理出尚稱清晰的公約數而已。

沒有人甘於跌入語言幻象，被真實屏除在外，但當冰冷的高牆註定堅而不摧，我們不妨割捨不可及的事實，轉而捕捉敘事者的心緒脈動，讓敘事不再是助人開鑿事實的手段，而是作為一種溝通目的，企圖呈現精神世界的結果，或者說，另一種真實。於是，同為敘事者的譯者，又將不畏那堵語言高牆，一次又一次重譯這部小說，讓自己的真實之聲傳入讀者心裡。

*可參閱賴慈芸、張思婷所撰之〈追本溯源——一個進行中的翻譯書目計畫〉一文，收錄於《編譯論叢》第四卷第二期第一五一至一八〇頁，亨利・詹姆斯中譯本清單見於第一七七至一七八頁。全文亦提供網路下載。

豪門幽魂

楔子

當年，我們一干人圍坐在火爐邊講故事。我記得很清楚，大家聽完某則故事之後，個個目瞪口呆，不敢出聲，只有一個人說故事情節詭譎，在古屋裡過耶誕夜，就該聽這種怪談。現場又靜了好一陣子，才有另一個人開口，說他從沒聽過小孩遇鬼的橋段，今天還真是頭一遭。且容我先打個岔：故事發生在一棟很像我們當年聚會的古屋裡，當時有個小男孩和媽媽在房裡睡覺，突然間，出現了恐怖鬼影，把小孩嚇個半死；小孩連忙把媽媽搖醒，媽媽醒來以後，本來還想安撫兒子，哄他入睡，但哄著哄著，自己也撞邪了。多虧那位仁兄表示沒聽過小孩撞邪，才釣出道格拉斯的故事，但道格拉斯並不是當場回應，而是隔了一些時候才講。我先預告，內容很有意思。接下來，又換另一個人說故事，但情節乏善可陳，我發現道格拉斯根本沒在聽。我一看到他的反應，心想這人擺明有話要說，但顯然還得等一會兒，他才會開口，結果這一等就是兩晚。不過當天散會前，道格拉斯倒是洩了一點口風。

「沒錯，葛萊芬不簡單，還安排稚嫩的小男孩撞鬼，不對，是撞邪，反正是撞怪東西就對了。這劇本真的很厲害，但類似的情節，我以前就聽過了。故事才出現一個小孩，就驚悚成這樣，要是出現兩個小孩……你們覺得會怎樣？」

「驚悚程度會變兩倍啦！」有人突然大喊，「快說快說。」

我看見道格拉斯背對火爐，雙手插在口袋裡站了起來，接著低下頭，一邊瞧了瞧吆喝的傢伙一眼，一邊說：「這故事到現在，除了我以外，還沒有半個人聽過，情節真的滿恐怖的。」語畢，現場一陣驚呼，這故事果然張力十足。接著，道格老兄先是掃視了大家一輪，才又繼續開口，全為擄獲聽眾的心：「真的是前所未見，其他故事根本比不上。」

「是驚悚程度前所未見嗎？」這應該是我問的。

印象中他一時詞窮，只說沒這麼簡單，接下來，才用一隻手遮著眼睛，臉部糾結出猙獰的表情，一面說：「是嚇人到前所未見，嚇破膽的程度才對！」

「好刺激喔！」一位女士大叫。

道格拉斯沒搭理，反倒盯著我看，不過映入他眼簾的似乎不是我這個人，而是他描述的故事情境：「簡直是醜怪、驚悚、悲痛的大集合。」

我回他說：「那趕快坐下來說嘛！」

這時，道格拉斯轉身面對壁爐，踢了一下柴火，還盯了一會，接著才轉過身來說：「還不行，我得先去城裡一趟。」話剛說完，現場噓罵聲四起。道格拉斯等大家安靜下來之後，才又補上幾句，只是他仍然一臉心事重重：「我有手稿，鎖在抽屜裡好幾年了，還沒拿出來過。我應該可以把鑰匙寄給我的助理，叫他把稿子找出來，再寄到這來。」這話似乎是對我說的，大概是要我推他一把，免得自己猶豫不決。道格拉斯之所以三緘其口是有理由的，現在，積結了好久的沉默冰霜終於碎了。雖然他頻頻賣關子，其他人恨死了，但我倒挺欣賞這種堅持作風。於是我催他快寫信，好趕上第一班收信時間，讓大家早點聽故事。我又問主角是不是他，這次話倒回得很快：「不是，還好不是我！」

「那份稿子呢？是你拿筆記下來的嗎？」我問。

「不是，我只記在這裡。」他拍拍胸口，「記得很清楚，忘都沒忘過。」

「那手稿是？」

「很久以前用墨水筆寫的，字跡非常娟秀，現在都褪色了。」他又故弄玄虛起來，「而且是位女士寫的。這位女士二十年前就過世了，稿子是她臨終前寄給我的。」這時，大夥兒聽得聚精會神，其中免不了有人自作聰明，拼命猜測後續發展。道格拉斯置之不理，臉上雖然沒有一絲笑容，卻也毫無惱色。他低聲說：「她美呆了，不過大我十歲，是我妹妹的家教。她是我看過人最好的家教老師，做什麼工作應該都適合。這些都是陳年往事了，至於我提到的故事，那是更早之前發生的事。認識她的時候，我還是三一學院的學生。我是大二暑假回家的時候遇到她的。當年，我在家裡待了好久，那年實在太夢幻了。我常常趁她下課，邀她到花園裡散步、聊聊天，每次聊著聊著，我就會覺得，她好聰明、好善良啊。沒錯，不要笑，我超喜歡她，而且我現在覺得，她應該也喜歡我才對。我每次想到這點，都很開心。要是她不喜歡我，絕對不會把故事說給我聽，因為除了我以外，她從來沒告訴過別人，雖然她沒親口證實，但我敢說，她絕對沒把故事告訴別人。一定是這樣，我很確定。總之，你們聽下去就知道了。」

我問：「是因為故事太恐怖了嗎？」

他依舊盯著我看，嘴裡還重複同一句話：「聽了就知道，你聽了就知道。」

我也看著他，接著說：「哦，她戀愛了！」

道格拉斯笑了出來，這還是第一次。「你真的很精。她有喜歡的人沒錯，應該說，她早就有喜歡的人了。她雖然沒明講，但故事一講下去，聽的人一定會發現。我發現了，她也知道我發現了，但是我們都沒把話說開。我記得當時是夏天，是個炎熱漫長的午後，我們就坐在草地一角，躲在山毛櫸樹蔭裡。這種情景哪裡驚悚，只是啊……」他邊說邊離開火爐，最後一屁股坐回椅子上。

「禮拜四一早就會收到信了嗎？」我問他。

「第二班送信時間才會吧。」

「好吧，那就晚餐之後……」

「大家都會來聽嗎？」他邊說，邊掃視全場，這是第二次了，「沒有人要先離開嗎？」他的語氣，很像是要叫大家離開。

「每個人都會來聽！」

「我會來！」「我會來！」有幾位女士，離開時間都敲定了，還大喊自己會來。這時，葛萊芬太太還不死心，想多挖點細節：「她到底喜歡誰？」

「聽下去就知道了。」我替道格拉斯回答。

「哎呀，等不及了嘛！」

「其實，聽了也不會知道，沒那麼平鋪直敘。」道格拉斯說。

「什麼，不會吧？講淺白一點我才聽得懂。」

「你到底要不要講啊？」另一個人問。

他又站了起來。「我會講，不過等明天再講。我要睡了，晚安。」他話才說完，就立刻抓起燭台，離開現場，搞得眾人滿腹疑惑。道格拉斯上樓的時候，腳步聲傳到了棕色大廳這一頭，一階一階，聲聲入耳。這時，葛萊芬太太說話了：「沒差，雖然不知道那個女的喜歡誰，但我知道道格拉斯喜歡誰。」

「那個女的大他十歲呢。」她丈夫接著說。

「沒錯，那個年紀，就喜歡比自己大的人。但他口風還真緊，瞞了大家這麼久。」

「瞞了四十年耶！」她丈夫又道。

「總算，不吐不快。」

我接著說：「看來，星期四晚上會相當精彩。」眾人齊表贊同，內心除了期待星期四，根本容不下其他事。終於，最後一則故事說完了，只是這故事有頭沒尾，跟連載小說的第一回沒兩樣。總之，聚會就此告一段落，大家便握握手，互道晚安，紛紛回房休息去了。

❁

隔天，道格拉斯在信裡附上鑰匙，趕在第一班投遞時間，把信寄到了倫敦的公寓去。這件事口耳相傳，每個人都知道了，可能正是因為如此，大家才願意耐著性子，不去煩他。晚餐結束後，期盼的時刻總算來臨，大家又聚到了大廳裡，帶著前幾天的疑惑，在爐前聽道格說分明。道格不負眾望，暢所欲言，還解釋了自己為何如此滔滔不絕。其實，他答應講給大家聽的故事，背後有些來歷，所以聽眾得先明白這些，才不會被故事弄糊塗。

那麼，請容我再打個岔，把來歷講清楚吧。我想說的是，我後來把這則故事謄了下來，待會要講的版本，就是從抄本來的。唉，道格拉斯啊，他自覺不久人世，於是把他的手稿託給我了，也就是三天後寄來的那份。到了第四天晚上，眾人靜靜圍著道格，聽他讀稿，氣氛依舊驚悚。當然，那些說要待著的女士，沒半個人留下來，謝天謝地，她們都按原訂計畫離開了，但道格說故事的工夫確實了得，讓這些女士離開時，人人滿肚子問號。正因如此，當晚的聽眾人數驟減，素質更齊了，所有人都圍著火爐，一同籠罩在詭譎氛圍裡。

道格首先聲明，這份手稿的內容，並不是從故事最開頭記起。有些前情得先知道：他那位舊識是某個鄉下窮牧師的么女，她二十歲那年，在報上看到了徵人廣告，開始和對方書信來往，最後獲邀到倫敦面試。那是一份教書工作，頭一次獲得執教機會的她，懷著一顆忐忑的心，進城面試去了。她依約到了哈里街，眼前的房屋雄偉氣派，讓她由衷讚嘆了一番。登廣告的人，也就是她未來的老闆，是位翩翩單身漢，風華正茂，對出身漢普郡的牧師女兒來說，這樣的人不是只在睡夢中出現，就應該純粹是舊小說人物，如今幻夢成真，她不由得怦然心動起來。這種人，就是大家耳熟能詳，那種親切俊朗又有膽識的人，幸好這種人總是不會絕跡的。這位男士一表人材，她見了不可能不為之傾心，不過，真正令她神魂顛倒，又讓她後來勇氣十足的，其實是對方把這件工作視為她給予的恩惠，還說會好好回報。她打量打量對方，見他衣著光鮮，對女人相當有一套，偌大的屋子裡更擺滿了旅遊紀念品和狩獵戰利品，想來這人雖然家財萬貫，恐怕奢靡無度。不過，她將來工作的地點其實是對方的祖宅，位於艾薩克斯的居所，對方甚至希望她即刻動身，速速前往。

兩年前，他的軍人弟弟因故身亡，留下了一雙兒女。這兩個小孩起先由祖父母代為照顧，後來由於兩老在印度亡故，富紳便成了孩子的監護人。他是個單身漢，缺乏照料小孩的經驗，耐心也不足，這差事落到他手裡，確實是重了點。照料期間，他不僅心煩意亂，更是一天到晚出差錯，但他終究是疼惜小孩的；正因如此，他挖空心思，先是將姪女送到鄉間宅院去，還找了一批能手，負起照顧事宜，甚至連身邊的僕人都派過去了。至於他自己，則是盡量抽空探訪，不過頭痛的是，他總是忙得不可開交，而兄妹倆除了他，也沒別的親人了。

他將兩個小孩安置在布萊的祖宅裡，當地環境清幽，安全無虞，屋子裡還住著葛羅思太太。這位太太曾經服侍過富紳的母親，優秀能幹，頗得眾人喜愛，後來受富紳之託，成了布萊宅院的大總管。她膝下無子，又格外喜愛富紳的姪女，因此特別照顧小女孩；當然，房子裡真正掌權的決策人，還是受僱的年輕女老師。富紳的姪子則在外地讀書，學期一結束，通常一、兩天內就會回家，到時葛羅思太太就更有得忙了。是啊，哥哥還這麼年幼，就得到外地去上學，但不這樣，又能怎麼辦呢？事實上，兄妹倆之前是有老師的，那位女老師相當用心，備受大家尊敬，可惜不久便亡故了。她一亡故，眾人茫然失措，最後出於萬般無奈，只好把小男孩邁爾斯送進學校，並讓葛羅思太太照顧小女孩芙蘿拉，從生活起居到舉止禮儀，一手包辦。除此之外，宅子裡還雇了一位廚師、一位打掃環境的女僕、一位擠牛奶的女僕、一位老馬伕、一位老園丁，再加上一匹老馬，而不管是人或馬，個個都端正善良。

道格拉斯才說到這，便有人打岔：「之前那位女老師呢？她是怎麼死的？是因為人太好嗎？」

道格老兄立刻回他：「先賣個關子，後面再說。」

「不好意思，我以為你馬上就要說了。」

「我在想，如果我是去應徵的女老師，我可能會覺得……」我說。

「這份工作可能會出人命，是嗎？」道格拉斯說了我想說的話，「沒錯，她的想法的確是這樣，也事先調查了一番，至於她發現了什麼，明天再說吧。當時，她覺得自己年紀輕、沒經驗，又容易緊張，可是這份工作不但要求嚴格，同事更是少得可憐，到時候恐怕會坐困愁城，內心寂寞。她一時無法答應，決定回家考慮幾天。不過，因為工作酬勞比預期高，於是在第二次面談時，就接下了這份工作。」說到這，道格拉斯沉默了半晌，為了活絡場子，我決定插個嘴。

我說：「所以故事的教訓是，這個英俊男人使了點魅惑術，讓女主角屈服了。」

這時，他又跟之前一樣，先是起身到爐邊踢踢柴火，轉身背對聽眾，接著說：「他們只見了兩次面。」

「對啊，女主角的熱忱，確實不簡單。」

道格拉斯一聽，居然轉過身來，盯著我說：「她的熱忱確實不簡單。但其實，有些應徵者沒被迷倒。那男的向我朋友承認，有些人一聽到工作條件，就嚇得退避三舍。乍聽之下，工作內容是有點沉悶古怪沒錯，但更古怪的，還是那條但書。」

「什麼但書？」

「那就是，絕對不可以打擾老闆，萬萬不可。要他提供意見也好、抱怨也好、寫信也好，全都不行就是了。不管遇到什麼問題，都要自行解決，薪水也直接跟律師拿。總之，不要煩老闆就對了。我朋友說，她一點頭，對方馬上眉開眼笑，如釋重負，還握緊她的手，感謝她願意犧牲奉獻。那時，我朋友覺得，光是這樣就值得了。」

「就這樣？沒有別的獎勵嗎？」某位女士問。

「她後來就沒再見到對方了。」

「是喔！」

女士的話才出口，道格老兄旋即離場，後來，除了那聲「是喔」以外，大家的談話內容，全都跟這故事沾不上邊。隔天晚上，道格挑了把最舒服的椅子，坐在爐邊，掀開手裡的褪紅封紙，拿出一本薄薄的老式鑲金記事簿。最後，他的故事花了好幾晚才說完，不過故事才開始沒多久，那位女士就搶著問問題：「你的故事叫什麼名字？」

「沒有名字。」

「我有！」我說。不過，道格拉斯沒搭理我，只自顧自讀起手稿，隨著他清脆的朗讀聲，手稿上的秀麗字跡，似乎就這樣飛進了聽眾耳裡。

1

我還記得，當初的心情，就像翹翹板一樣上下擺盪，大起大落。第二次進城時，我整個人還興高采烈，但談完之後，心裡又生出許多疑惑，總覺得做錯了決定，結果一連好幾天悶悶不樂。搭上火車後，我的內心依舊七上八下，身體也隨著車廂搖搖晃晃。幾個小時後，火車來到了某一站，有人會開車來接我。聽說這件事老早就安排好了，明媚的六月天，在向晚時分駛過鄉間，沐浴在夏日氣息中，真是窩心的見面禮。漸漸地，我的鬥志又燃起來了。當車子駛入目的地，我的精神為之一振，這時我才發現，之前的我竟然如此鬱悶，總擔心未來是一片烏雲罩頂，但事實上，在彼端迎接我的卻是一連串驚喜。

我一下車，就看到一棟寬敞明亮的房子、大開的窗子、煥然一新的窗簾，還有兩名倚窗遠眺的女傭；此外，屋前的草地、鮮艷的花朵、車輪碾壓碎石路的聲響、濃密的樹冠、盤旋樹梢啼叫的禿鼻鴉，還有那片金黃色的天幕，這些壯觀景緻，和我單調的家鄉比起來，確實有天壤之別。這時，彬彬有禮的總管出現在門前，手裡牽著小女孩，恭恭敬敬向我問了安，好像我是貴賓或老爺夫人一樣。我在哈里街的時候，對這棟屋子所知有限，事後回想，屋主確實是個好人，而且比我想的更好，因為我之後的生活，顯然比他說的還要好上許多。

當天，我和小女孩相處了好一段時間，讓我興奮了一整晚。葛羅思太太照顧的這個小孩相當惹人喜愛，我一看到她，就捨不得離開她了。這麼漂亮的小女孩，我還是第一次看到，我不禁暗想，老闆怎麼都沒提到這件事呢？我實在太興奮了，晚上沒什麼睡，而且還發現，原來人可以這麼自由自在，這經驗到現在都還盤旋在我腦海裡，久久不去。我的房間很寬敞，在整棟房子裡算是數一數二的大房間，床鋪更是豪華到讓我至今仍印象深刻，還有雕花簾布、大落地窗，讓我能看見自己的全身倒影，這真是頭一遭呢。這份工作看似平凡，附加價值卻如此優厚，真讓我又驚又喜。

唯一讓我心煩的就是我和葛羅思太太的關係，搭車前來的途中，我一想到得和她建立情誼，不禁發愁了起來。她看到我的時候一副興高采烈的樣子，但是又戰戰兢兢，不敢讓自己開心過頭，這樣不免使我心生疑懼。對於這位樸素優雅的豐腴女士，我為了她的舉措，思索了半個小時之久。可是，她既然開心，為什麼又不想表現出來？我大惑不解，於是拼命想了又想、猜了又猜，搞得自己心煩意亂，無法安寧。

還好，和善良可人的小女孩相處時，我覺得非常自在。她這麼容光煥發，純真可愛，當天晚上我之所以焦慮不安，或許也是因為我一直想著她的天使面孔吧。整個晚上，我醒了好幾次，在房裡踱來踱去。拂曉時分，我打開窗戶，望著夏日的濛濛晨光，望著宅院各個角落，想把所有景緻看個明白。夜色消褪了，鳥鳴聲此起彼落，連同一、兩道若有似無的聲音，也傳入了耳裡，那聲音反覆出現，似乎不是外界聲響，反倒像是從腦子裡冒出來的。有一瞬間，我覺得聲音遙遠微弱，像是小孩的哭聲，但過了一會，我感覺好像有個人從我房門外輕輕走過。當時，這些感覺只是曇花一現，過了就算了，但經歷過那些陰暗的種種，我只能說，當年的感受現在全湧上心頭了。

其實，只要把芙蘿拉照顧好，教她讀書、陶冶她的性格，我的生活就必定充實怡人。見到她以後，我們立刻說好了，從隔天起，她每個晚上就來我房裡睡。我房間裡已經擺了張讓她使用的純白小床，我的工作就是要全權照顧她。不過，我畢竟還算是外人，而芙蘿拉也怕生，所以當晚的照顧工作，只得先麻煩葛羅思太太了。至於怕生這件事，芙蘿拉倒是相當坦率，勇敢承認了，就連我們當她的面討論，說她有多怕生，她也毫不在意。那張臉活脫脫就是拉斐爾的聖子畫像，閃爍著靜謐之美。但就算她怕生，我相信她很快就會喜歡上我。晚餐時刻，餐桌上擺了四枝蠟燭，芙蘿拉坐在一張高椅上，圍了圍兜，享用著牛奶和麵包。和她相視而坐的我，看著看著，心頭竟浮出陣陣愛慕之意，顯然葛羅思太太看穿了我的心思，還疑惑了起來；就是因為這種反應，我才會喜歡上這位太太的。礙於芙蘿拉在場，很多事無法明講，只能拐個彎說，或是露出心滿意足的神色，作為示意。

「哥哥長得像她一樣嗎？他也跟妹妹一樣可愛嗎？」

我和葛羅思太太默契十足，稱讚小孩的時候，會記得適可而止：「哥哥啊，他當然可愛了。您都這麼喜歡妹妹了！」老總管人站著，手裡拿著盤子，一面望著小女孩，一面笑得燦爛。小女孩的目光純淨無波，在兩個大人身上逡巡，那種眼神絕無打量對方之意。

「是啊，所以哥哥……？」

「哥哥可是個小紳士，一定會把老師您迷住的！」

「好吧，我來這裡的目的，大概就是來被迷住的。」當時，我忍不住補了一句話：「其實啊，我這個人很容易就會被迷倒。在倫敦的時候，早就被迷過一次了！」

「在哈里街的時候嗎？」葛羅思太太寬闊的面容，我到現在仍忘不了。

「在哈里街，沒錯。」

「很多人都是這樣，您不是第一個，也不會是最後一個。」

「我怎麼可能是唯一一個，」我差點沒笑出來，「我沒這樣想。所以說，另一個學生是明天要回來嗎？」

「不是，他星期五才會到。他跟您一樣搭同一班火車，到時候也會有專人開車去接他。」

我心想，或許可以帶著小女孩一起到火車站去接哥哥，這麼做應該不會失禮，也算是體貼吧。於是，我連忙開口相詢，葛羅思太太一聽，便欣然同意了。她的話對我來說是種寬慰，也聽不出半點虛假，太好了！我想，今後碰到什麼事，我們很容易就會有共識了。她心裡一定覺得，有我在真好！

隔天，我的感受起了點變化，不過，初來乍到的歡欣感受，其實還沒完全消失。但是我已經在宅院裡走了一圈，看過四周，熟悉了環境，把這個陌生地方摸熟了點，當然興奮感就淡了點。其實這地方出乎意料地大，置身其中的我，一時之間有些自豪，又有些害怕。隨著內心的惶恐，我開始覺得，安排固定時間上課，這做法根本錯了，我應該先進行一些輕鬆的活動，好讓小孩和我熟絡才對。

那天，我乾脆把芙蘿拉帶到室外，麻煩她帶我四處晃晃，我說我只想讓她帶路，她也欣然同意了。我們走過一處又一處，看過一個又一個房間，翻遍一個又一個祕密。導覽途中，她整個人雀躍不已，用天真幼稚的方式解釋這、解釋那，才過半小時，我倆就成了好朋友了。她年紀雖小，但導覽時那自信堅毅的神情，依舊打動了我。就這樣，我們在空房間之中穿梭，走過死寂的長廊，爬著讓我不時歇腳的歪斜階梯，還登上老舊的禦敵方塔，我因此頭暈了一陣；她的歌聲動人，總是拼命解說，不太問問題，她的一舉一動就這樣領著我向前走。其實，我離開布萊以後，就再沒見過那兒的一草一木了；如今我歷經世事，更加老成，對我來說，布萊的風華也失色了。不過，我當年的學生，那名金髮飄逸、一身藍洋裝的小導覽員，一會在路口手舞足蹈，一會又杳杳走著、跑著，我突然以為，自己好像身處在一座浪漫城堡，眼前這位玫瑰色小精靈就住在這座城堡裡。我當時還年輕，光是這麼一個地方就夠我幻想了，其精彩程度絕對不下任何一則童話故事。到底，我是不是邊讀童話故事，邊打起了瞌睡呢？不是，這棟巨大的古宅醜歸醜，住起來倒是很舒適，像是一半住人，另一半荒廢的典型老建築。我甚至覺得，這屋子根本是艘迷航巨艦，載著一屋子茫然失措的乘客；最莫名的是，掌舵的居然是我！

2

我會有這種感覺，是在兩天後，我和芙蘿拉開車去接小紳士時才慢慢發現的，而且第二晚發生的事更弄得我心煩意亂。第一天的狀況，正如前述，大體來說還算讓人心安，然而事情卻慢慢變調了。

第二天傍晚，郵差遲了點送信，郵袋裡有封信是給我的。信封上只有寥寥數語，是老闆的字跡，裡頭還附了另一封信，全然未拆，收件人卻是老闆。

我知道這封信是校長寄的，這人很難搞，妳看看裡面寫什麼，想辦法處理一下，但不用報告給我聽，記得，一個字都不要跟我說。就這樣！

我拆了信，封緘非常牢固，費了我好一番工夫才終於拆開。其實，我並未立刻拆信，而是先把整包信拿回樓上的房間，直到睡前才來對付難纏的封緘，再取出信紙展讀，結果當天晚上又失眠了，早知道就等早上再讀。隔天，一想到不能請示老闆，我的心頭鬱悶不已，整個人失魂落魄，後來實在是受不了了，只好找葛羅思太太商量商量。

「怎麼會這樣？邁爾斯不能回學校了。」

我盯著葛羅思太太，看她臉上會有什麼表情。她先是愣了一會，接著馬上回神說：「但學生不是都……？」

「都放假了，沒錯。但邁爾斯不一樣，他被退學了。」

我看著葛羅思太太，她被我一瞧，臉紅了起來：「學校不收他了嗎？」

「完全不想收了。」

她的視線早就不在我身上了，但她聽到我這麼說，還是抬起頭，將目光投射過來，裡頭滿是閃閃淚光：「他闖了什麼禍嗎？」

我想了想，決定乾脆把信給她看。誰知道，她不但不想接信，還把雙手收到背後去，同時搖搖頭，傷心地說：「老師，這我不能看。」

我的顧問她居然不識字！我自知失策，臉色為之一變，但是我仍然故作鎮定，同時自己把信攤開，將內容從頭到尾讀了一遍；讀完後，又用顫抖的手折好信放回口袋裡。「他真的會做壞事嗎？」

「學校的人是這樣說的嗎？」葛羅思太太依舊熱淚盈眶。

「信裡面沒提細節，對方只說他們很抱歉，沒辦法再收他了。我想，事情只有一種可能。」葛羅思太太一臉漠然，但內心卻是天人交戰，不斷克制著想追問下去的念頭。但是，要釐清來龍去脈，顯然沒她幫忙是不可能的，所以我只好把話說完：「邁爾斯是害群之馬。」

她一聽，立刻惱怒了起來，跟頭腦簡單的人沒兩樣：「邁爾斯少爺是害群之馬？怎麼可能！」

我還沒看過小男孩，她又講得言之鑿鑿，不禁讓我深自反省，我的說法恐怕太荒唐了點。可是，為了不在這位朋友面前丟臉，我還是堅持己見，並回了一句刻薄的話：「對天真無邪的小朋友來說，他的確是害群之馬！」

「太可怕了，」葛羅思太太喊道，「這種話太傷人了！他才不到十歲啊。」

「是啊，是啊，很難想像沒錯。」

我這句話，倒是讓她相當感激：「老師，您先看看小孩的樣子，再決定立場吧！」突然間，我的心悸動了起來，等不及要見小男孩一面，而這股好奇心，在日積月累之下，反倒成了痛苦，折磨著我。葛羅思太太的話在我內心起了作用，她顯然也察覺了，於是又信誓旦旦說：「您乾脆說妹妹也是害群之馬好了。」話才說完，她馬上又補了一句，「您自己看看她的樣子啊！」

我轉過身去，發現門是開著的，而芙蘿拉就站在門邊。十分鐘前，我明明給了她一張白紙、一隻鉛筆、一張寫滿字母「O」的習字帖，要她待在教室裡的，但對於討厭的事，她卻用自己獨特的方式避開了。她站在門邊，一對天真雙眼盯著我，彷彿在說，她因為太喜歡我了，只好緊跟在我身後。光憑這點，我立刻明白葛羅思太太的意思，遂將學生攬在懷裡吻個不停，同時發出滿是歉意的嗚咽聲。

不過當天我依然不斷找機會，想接近葛羅思太太；到了傍晚，我開始覺得她大概有意避開我。我記得，我看見她正要下樓，於是追了上去，和她一同走下樓梯，一到樓下，我就抓住她的臂膀，要她留步：「妳中午說的話，意思是妳沒聽說過哥哥會做壞事，是這樣吧？」

她把頭抬了起來，這次她的態度表露無遺：「沒聽說過……我可沒這樣說！」

我又焦急了起來：「所以，妳其實知道他……？」

「沒錯，老師，您說的沒錯！」

我想了想，接受了她的答案：「妳的意思是說，這小孩其實不是……？」

「我覺得，他完全不像小孩！」

我的手愈抓愈牢：「妳喜歡調皮的孩子是不是？」她回答我的同時，

我也脫口說出：「我也喜歡！但不能太誇張，不然會玷污別人……」

「玷污別人？」我用詞太艱深，她聽不懂。

「帶壞別人。」我解釋道。

她盯著我看，想理解我說的話，不過她卻莫名笑了起來：「您怕哥哥會帶壞您嗎？」這問題相當高明，擺明是在調侃我，搞得我和她一樣痴痴笑了起來，任她調侃一番。

隔天，準備搭車出門接人之前，我換了一個問題：「之前那位女老師，她是怎樣的人？」

「之前的老師？也是又年輕又漂亮，就跟老師您差不多啊。」

「年輕漂亮，希望有加分效果！」印象中，我回了這句話，「他好像專門挑年輕漂亮的老師。」

「他嗎？是啊！」葛羅思太太深表贊同，「他對待每個老師的方式差不多都是這樣。」她前一句話剛說完，馬上又再補一句：「我說的『他』，指的是老闆。」

我大吃一驚：「不然妳一開始提到的『他』是誰？」

她先是茫然，接著臉紅起來：「什麼？就是他啊。」

「老闆嗎？」

「不然呢？」

確實，除了老闆，不會有別人了。正因如此，她說溜嘴的樣子，我立刻忘得一乾二淨，只問了我感興趣的問題：「前一個老師，她有沒有發現哥哥……？」

「樣子不對勁嗎？她從來沒提過這件事。」

我猶疑了一下，但還是開口了：「她做事規矩嗎？」

葛羅思太太很想說實話：「某些方面……算是滿規矩的。」

「所以有些方面不規矩囉？」

她又想了一會：「老師啊，她人都不在了，我不想說人家的閒話。」

我立刻說：「妳的心情我了解。」但我也發現，就算說了這句話，也不妨礙我追問下去：「她人也死在這嗎？」

「沒有，她離職了。」

對於葛羅思太太的寥寥數語，我總覺得莫名曖昧，於是又問：「所以她是離職以後才死的嗎？」她不回答，只顧望著窗外。但對我來說，我既然都到了布萊，成了新來的年輕老師，了解工作的要求總是我的權利吧。

「她是病倒之後才回家去的，妳是這個意思嗎？」

「在我看來，她的病不是在這棟房子裡染上的。年底的時候，她說她想離開這裡，回家去度個小假。她在這裡工作很久了，的確有資格放假。她不在的時候，我們請了個年輕小姐當保姆，她很規矩也很聰明，也在這待了一段時間，負責照顧兄妹倆。但老師回去之後，就再也沒回來了。我還在等她回來的時候，老闆就說老師已經死了。」

我思索了一陣子才問：「她怎麼死的？」

「老闆沒說！好了吧，老師，」葛羅思太太說，「我得回去工作了。」

3

由於我不斷逼問，她才會甩頭就走。還好，她雖然有些無禮，但我倆這陣子培養出的互重關係，應該不致於毀於一旦。其實，邁爾斯回家之後，我確實被他迷住了，甚至讓我真情流露，而且因為這樣，我和葛羅思太太的感情反而更好了。這麼迷人的小孩，我當初居然以為他一定是被趕出學校的，我這個人真可惡。

那天，我人還沒到車站，邁爾斯已經下了車，站在一間旅館的門口，痴痴盼著我來接他。第一眼看見他，我就覺得他和妹妹一樣，全身散發著清新氣息，其中還漾著一股純潔的芳香。他的樣子太美了，簡直不可思議，葛羅思太太是對的，只要一看到他，除了想呵護他、疼愛他之外，其他念頭根本不知道飛哪去了。他的氣質出眾，和其他孩子截然不同，他的天真無以名狀，好像除了愛之外，對世事一無所知。他那麼純真美善，再怎麼看，都不可能是惡名昭彰的壞孩子。回到布萊以後，對於房間抽屜裡那封可怕的信件，我的怒意不再，只留下滿腹疑心。等到我一有機會和葛羅思太太單獨說話，我立刻向她表示這件事簡直荒謬至極。

她一下就明白我的意思：「您是說那封信太過分了嗎？」

「那封信說的根本沒道理，妳看他的樣子就知道。」

我好像是剛剛才發現小孩很可愛，讓她笑了：「我說，老師啊，我根本沒辦法不看他啊！」她又立刻補上一句，「那麼，您打算怎麼辦呢？」

「妳說要不要回信嗎？」我心意已決，「不用了。」

「那要告訴他們的叔叔嗎？」

「沒什麼要說的。」我回得很乾脆。

「您會和哥哥說什麼嗎？」

「沒什麼好說的。」我人真好。

她撩起大圍裙，用裙襬擦了擦嘴。「好，我也會幫您的忙。我們要堅持下去。」

「堅持下去！」我熱切複述著，同時伸出手，表示我的承諾。

她一手拉著我，一手翻起圍裙，「老師，不知道我能不能……？」

「親我嗎？當然可以！」我一把將她攬進懷裡，我們就像好姐妹一樣，相擁了一陣，讓我變得更堅強，對那封信更忿忿不平了。

這種快樂，其實只是曇花一現，但是，那陣子我確實快樂得很。我一想到當時的快樂如何轉瞬即逝，我就知道，一定要費點心思，把這種感覺解釋清楚。對我來說，最莫名的就是我居然答應了葛羅思太太，要和她一起堅持下去。我想，我一定是中了什麼魅惑之術，才會不顧這任務會有多艱辛、會有什麼後果，而一口答應下來。小男孩的魅力真的把我迷倒了，我整個人飄飄然，只想好好疼愛他。當時，我實在愚昧無知，又有些自大，以為管教未經世事的青澀小男孩是很容易的事。現在，就連假期將盡之時，我到底替新學期安排了什麼課程，也都完全想不起來。

那年盛夏，大家都把我當老師，但到現在我才覺得，那幾個星期內，我根本不是老師，而是學生才對，我學習到的事物，是以往單調貧乏的生活所欠缺的，直到那時，我才知道如何自娛娛人、如何活在當下，不要老想著將來，我終於知道什麼是自由的空氣、什麼叫夏日旋律、什麼叫大自然的奧祕了。而且，我也明白了體諒為何物，體諒真是件美好的事，但是，哎呀，體諒也是個陷阱。這陷阱雖不為我而設，但我的想像力、嬌弱、虛榮心，加上善感的特質，卻讓我陷入了這深不可測的圈套，我著實一點戒心也沒有，沒有戒心，用來形容我再適合不過了。兄妹倆從不讓我操心，也乖巧得出奇，我曾經想過——其實我的印象有點模糊了——他們眼前的殘酷未來（未來哪有不殘酷的呢？）究竟會如何擺弄他們，甚至摧折他們？兄妹倆確實過得健康幸福，但是我卻覺得自己照顧的是宮廷裡的小王子、小公主，不管大事小事，都得替他們處理，有什麼問題也得替他們擋著，不能出半點差錯。我總會想像，多年以後，他們的世界大概就跟宮廷裡的花園差不多，頂多大了點罷了。後來的突發事件，似乎更讓這幅畫面顯得寧靜可愛，只是，寧靜的畫面背後似乎蟄伏著什麼。那次的變化，確實像頭野獸撲面而來，令人措手不及。

頭幾個星期，白日總是相當悠長。兄妹倆吃了點心，上床睡覺，到我自己回房休息前，有一個小時的自由時間，我稱之為「偷閒時光」，一天中最美好的時刻，莫過於此。有兩兄妹陪伴固然可喜，但最讓我感到快活的還是這段偷閒時光。每當暮色漸沉，也就是白日流連徘徊，天際緋紅，老樹間的鳥鳴將歇之際，能享受餘暇，最讓人快樂不過。我可以信步走進園子裡，細細品味高雅的美景，似乎一切都在掌握之中，常讓我能心安理得、自在快樂；而我會如此愉悅，大概是因為我知書達禮、進退合宜，肯定能讓交給我重責大任的人滿意。真不知道他感受到了沒有！再怎麼說，我現在做的一切，著實是依約行事，完全符合他的期盼。而我發現自己竟能勝任，做夢都沒想到，我居然能過得這麼開心。坦白說，我自認是個妙齡女子，行為端正，我總對自己說，大家遲早看得出來，只要這樣想，心裡就寬慰不少。既然我已經做出點樣子了，那麼我更得有始有終，維持我最好的一面才行。

某天下午，我安頓好兄妹倆，開始享受我的偷閒時光。我走到屋外散步，坦白說，每次閒步屋外，我的腦中總會浮現一個念頭：如果能遇上這麼一個人，看著他從路口現身，帶著笑靨向我走來，給我支持與鼓勵，那就好了。一散起步來，我總盼著美夢成真，我要的不多，只希望他能明白我的心意，唯一能確定他明白的方式，大概就是親眼見他，看著他俊俏的臉龐泛起溫柔神色，如此而已。那天下午是六月天的向晚時分，我的期盼成真了，或是應該說，那張臉真的出現了。我走過樹叢，屋子映入眼簾，這時我猛然佇足。我之所以佇足，乃是因為我的盼望，居然在這刻成真了，這景象實在是史無前例地震撼。他人就在那！但不是在草坪上，而是站在遠方的高塔之上，也就是芙蘿拉在第一天早上介紹的兩座禦敵方塔其中一座。不知為何，這兩座塔格外突出，外型左右不對稱，不過在我看來，兩者還是有新舊之別。雙塔座落於屋子兩端，就建築設計而言，實為突兀，不過塔身仍與屋子相連，也沒高到氣勢凌人，配上古色古香的華麗外貌，顯然是浪漫時期的輝煌產物，這麼一來，也算是瑕不掩瑜了。對這兩座塔，我不但滿懷敬意，也常因之悠然神往。薄暮時分，雄偉的城垛映著昏黃，塔身更顯氣勢，我想沒有人能不為之讚嘆的。而我朝思暮想的他，居然出現在塔頂，真讓我始料未及。

我還記得，他在暮光之中緩緩浮現，我還被他的身影嚇了兩次，整個人都呆了。第一次驚嚇，是出於驚訝；但第二次，則是發覺第一次判斷錯誤，才會大吃一驚，原來那個男人根本不是我想見的人。那一幕真是讓我百思不解，這些年來，我從來就說不清楚，也講不明白。在這荒僻之地，突然冒出一名素昧平生的男子，凡是涉世未深的年輕女子，沒有不害怕的。又過了半晌，我才發覺，我既沒在哈里街見過這張臉，在其他地方也從沒見過這張臉。這怪誕情境一發生，霎時間，這地方又更顯孤絕了。我寫下這段經歷時，態度是空前謹慎，而當年的感受又湧上了心頭，我還記得，那張臉一出現，周遭一切彷彿都染上了死亡陰影。走筆至此，耳畔又響起無邊的靜默，在金黃的暮色中，禿鼻鴉不叫了，先前的美妙時刻也跟著銷聲匿跡了。但除此之外，其他自然景物依舊，真要找出差別，頂多是在我心中，畫面變得莫名突出了。天空還是金黃色的、空氣還是清新的，那男人還是在城垛邊盯著我看，這三者加總起來，成了一幅鑲框畫作。在那當下，我腦子裡閃過種種揣想，猜他可能是什麼人、可能不是什麼人。我倆雖面面相覷，但我離他甚遠，尚有餘裕尋思此人來歷，只是我想不出什麼好答案，只能任由詭譎氣氛愈演愈烈。

我想，在事發之後，最重要的問題應該是詭譎氣氛持續了多久吧。說起這個問題，真是牽扯不完，你愛怎麼想都隨你。在我心中閃過諸多念頭之際，氣氛依舊詭譎，我甚至還猜想，這人是不是這屋子的一份子，已經待了很久，只是我沒發現？但重點是他到底待了多久？我甚至有點不滿，覺得自己既手攬大權，居然沒發現這號人物，而這時的氣氛依舊詭譎。我依稀記得，這位陌生來客沒戴帽子，彷彿把我當成熟人，出奇自在，還居高臨下凝視著我，而我卻只能在薄暮之中，兀自思索他的來歷，同時將他看個仔細，這時的氣氛依舊詭譎。我們遙隔兩處，聽不見彼此的聲音，但有那麼一瞬間，我們離對方近了一些，此時若任何一人出聲盤問，也是因為相視已久，不得不打破沉默。他站在離屋子最遠的一角，雙手扶著窗台，昂然聳立，使我為之一驚。他的樣子就跟我在這張紙上寫下的字跡一樣清楚，一分鐘後他又緩緩走向另外一頭，一副想讓我留下深刻印象的樣子。他換位的過程中，眼睛始終緊盯著我，沒錯，他的視線從沒離開過我，實在讓我心驚膽顫。他一邊走，手還一邊撫著城垛，我忘都忘不了。終於，他在另一頭停下來了，但卻沒之前待得那麼久，不過，他就連要轉身離開時，雙眼還是牢牢盯著我。最後，他離開了，我知道的就這麼多。

4

這次，不是我沒靜候事情發展，而是因為我嚇傻了，只能愣在原地。布萊這地方，究竟有什麼祕密呢？這情節真像是烏多佛懸疑系列小說①。還是說，那男的其實是這家的人，因為有點瘋癲，所以被關在不起眼的密室裡，成了不可外揚的家醜呢？好奇心和恐懼感在我內心激盪著，但這種狀態到底持續了多長？我又在原地待了多久？實在說不上來。我只記得，回到屋子裡的時候，已經夜幕低垂了。沒錯，我肯定是焦躁透頂，不斷在原地踱來踱去，算起來大概踱了有三英里吧。但是我後來才恍然大悟，這

①烏多佛懸疑系列（*The Mysteries of Udolpho*）為一七九四年出版的哥德式小說，作者為安・瑞克里夫（Ann Radcliffe）。故事裡，女主角遷居至烏多佛後便挫折不斷，又屢遭神祕現象困擾，因此身心經常處於緊張狀態。

次的驚駭體驗，原來還算是小意思了。說起來，其中最不尋常之處，要屬我走進大廳碰見葛羅思太太時的感受了，即使和往後的特異事件相比，也是毫不遜色。當時的情景，現在是一幕接著一幕在我腦海裡重現了：燈火通明的大廳鋪著紅地毯，四面圍著白牆，上頭掛了一幅幅畫像；而我的朋友一臉驚慌，我看得出來她一直在等我回家。我一進門，她立刻放下了心頭大石，喜不自勝，看了她的反應，我馬上意識到，她對我即將告訴她的事毫不知情。但出乎意料的是，我見到她鬆了一口氣的樣子，原本快要出口的話，居然又縮了回去，我甚至還左思右想，盤算著該不該透露實情。一時之間，我竟然決定乾脆不說，以免嚇著我的好朋友，但現在看來，這個決定真是荒謬，相形之下，先前的遭遇反倒顯得平凡無奇。站在這麼美的大廳裡，又給她這麼一瞧，我實在開不了口，一陣天人交戰後，只好胡謅個晚歸理由，並藉口夜深了，露重溼腳，接著溜回房間去。

那件事發生後又過了幾天，我依然覺得詭異至極。有時候，我得在忙碌之餘撥出幾個小時，甚至是幾分鐘，把自己關在房裡好好思索。這麼做並不是由於緊張過頭、失去控制，而是怕有一天，自己真的會被緊張淹沒。因為，對於那位訪客的來歷，不管我再怎麼思索，沒答案就是沒答案，但我卻覺得，對方和我之間有種不可言喻的深刻連結。我很快就發現，只要不拼命追問，情緒也不要太激動，和其他人討論家中的問題並非難事。經過那麼一嚇，我的感官好像又更敏銳了，而這三天下來，經過仔細觀察，我能放心地說，這絕對不是傭人為了捉弄我而刻意玩的「鬼把戲」。不過我雖然摸不著頭緒，身邊的人卻好像略知一二。我能想到的合理解釋，其實只有一個：那是個故意要嚇人的陌生人。每當我躲回房間，帶上門鎖，就會用這個解釋說服自己。顯然有位不速之客闖進屋子了，這個人肯定對老房子很好奇，於是偷偷溜了進來，找了個視野最好的位置，盡情窺視一番，又循原路偷偷溜了出去。而他敢盯著我看，正反映了他的態度有多隨便。無論如何，我們不會再看到他了，真是好事一件。

坦白說，其他事情再好，一旦和這份工作相比，都會相形失色。這份美妙的工作讓我能陪伴邁爾斯和芙蘿拉，只要投入感情，就能獲得無窮的樂趣，煩惱再多，也會隨之煙消雲散。兩位小朋友這麼可愛，我除了開心，還是開心，我也慢慢覺得，之前所有的疑心根本是無病呻吟，而起初對工作的憂慮，擔心未來會變得沉悶而不可耐，也是白操心。現在看來，這工作既不沉悶，也不操勞，每天總有迷人之處，這樣的工作，怎麼可能不美妙呢？

我們的生活，除了在兒童房裡分享浪漫故事，就是在教室中享受詩意；當然，我們不是只讀小說和詩篇，我的意思是，只要兩位小孩陪著我，我心頭浮出的感受，除了用小說和詩篇來描述以外，再找不到更好的詞彙了。這種感受到底該怎麼表達才好？這不是「和學生熟了，失去了新鮮感」那種感覺，但除了這樣，還能怎麼說呢？對一位女老師來說，這感受確實很新奇，我這位老師每天都有新發現，相信只要是女老師，都可以替我作證！只是有件事卻讓我碰壁了：哥哥在學校裡究竟做了什麼？這個問題依舊迷霧重重，晦暗難解。話雖如此，每次我想到這個謎，倒未因此痛心疾首，我想大概是見了他的一舉一動後，真相已經不言自明了，相較之下，校方的責難簡直是無稽之談。看見他雙頰緋紅，天真無邪的模樣，我漸漸相信，都是因為他太清新、太脫俗，和狹仄污濁的校園格格不入，才會有如此下場。我深深覺得，這種與眾不同的特質，總會激起多數人的報復心，而所謂的多數人，也包括那些蠢得噁心的師長在內。

兄妹倆乖巧柔順，這是他們唯一的缺點。不過，邁爾斯並未因此顯得笨拙，該怎麼形容這兄妹倆的樣子呢？他們實在完美無缺，簡直不像是人類；像是故事裡的小天使一樣，道德上純潔無瑕，無可責難。邁爾斯曾給我一種特別的感覺，在他身上似乎看不到所謂的歷史痕跡。一般來說，小孩總會有些過往經驗，但比起同年齡的孩子，這俊美的小男孩不但更加纖細敏銳，而且樂天過人，我甚至覺得，每一個日子對他來說，應該都是嶄新的一天。他從沒痛苦過，連一秒鐘都沒有。在我看來，這正是他從沒被處罰過的證據。他要真的是壞小孩，就必定受過處罰，而且從他的樣子，我必定能看出些端倪，察覺他曾受過的傷、丟失的顏面。既然我什麼也看不出來，那麼他就是個天使了。他從不談學校的事，從沒提過半個同學或師長，我也因為對這些人反胃透頂，於是連提都不想提。沒錯，我完全被他迷住了，最妙的是，那時我明知自己中了幻術，卻依舊沉迷其中。我將之視為仙丹解藥，用來緩解心中的苦痛。我的苦實在一言難盡。那段時間我常常接到家書，得知家中狀況頻頻，搞得自己心煩意亂。不過，既然有了這兩個小孩，我還有什麼好煩的呢？我常趁著零碎的休息時間思索這個問題。兄妹倆的美善，深深把我迷惑住了。

言歸正傳。某個星期天，下起了傾盆大雨，幾個小時都不停，弄得我們沒辦法上教堂。到了下午，我和葛羅思太太決定，如果傍晚雨勢轉小，我們就去參加晚間禮拜。還好，雨終於停了。若要前往教堂，我們得穿過公園，踏著那條平坦道路朝教堂所在的村莊走去，全程約莫二十分鐘。我打點完畢後便走下樓去，到大廳裡和葛羅思太太碰頭。這時，我突然想起一件事。稍早，我陪著孩子破例到「大人」專屬的飯廳裡一同喝茶。飯廳一塵不染，冰涼的空間裡擺著桃花心木鑲銅邊的傢俱，宛如一座廟宇；而我坐在裡頭補著一雙脫了線的手套，只是補好以後卻擱在那了，似乎也沒人注意到。於是這時候我便動身前往飯廳，準備拿回手套。此時，天空已經顯得昏暗，不過午後的光亮仍未全然散去，我就著濛濛光線，走進飯廳裡。我才剛穿過大門，就發現那雙手套躺在一張椅子上，挨著那扇緊閉的闊窗；但同一時間，我更察覺到，窗戶外有個人正向室內張望著。只消跨進飯廳一步，一眼就能全部看到了。那位向內張望的人就是我之前碰上的男子，他又現身了。他的臉跟上次差不多清楚，說真的，再清楚也不過如此，但這次他離我這麼近，那種感覺彷彿是我們的交情變深了一樣。一和他打上照面，我立刻嚇了一大跳，全身發寒。他完全沒變，腰際以上的模樣依舊清晰可見，和上回如出一轍，因為飯廳雖然在一樓，但窗戶卻未與他落腳的陽台同高。他的臉幾乎是貼在玻璃上的，我看得一清二楚。但這麼一瞧，卻只讓我明白上回有多震撼而已。他在窗外待了不過幾秒，但時間夠長了，他肯定看到我，也認出我來了，那種感覺彷彿我倆已相識多年，而眼神從未離開彼此過。然而，這次的情形卻有些不同。他望穿了玻璃，眼神依舊深邃銳利，就這麼透進屋裡，再次凝在我的臉上。但是，我還沒瞧上多久，他就別開了眼睛，轉而看向其他東西去。這時，我才赫然發覺，他出現在這裡根本不是為了找我。他想找的另有其人。

這個念頭源於我內心的恐懼，冒出來的那一瞬間，一股超乎尋常的感受立刻竄過我的身軀。我雖然杵在原地，責任感和勇氣卻油然而生，在心頭激盪著。我之所以說是勇氣，正是因為在那一刻，我的疑懼全然消散了。我立刻奪門而出，奔出屋外，全速跨過車道，衝過陽台，拐過轉角，想把對方看個清楚。可惜，最後什麼也沒看到，這位不速之客消失了。我停下腳步，大大鬆了口氣，還差點站不穩。不過，我終於能完全看透眼前情景，我等了一會，看他何時現身。說是一會，但到底是多久？那些事情究竟經歷了多長時間？我現在根本沒個譜。看來，我當時的時間感全沒了，不過確切的時間應該沒有我想的那麼長。陽台也好、後頭的草坪和花園也好，我能看到的地方，全是空的，連半點人影都沒有。園子裡雖然有灌木叢，也有一些大樹，但我很確定後面一定沒躲人。他人可能在場、可能不在場，既然沒看到人影，那就是不在場了。我一想到這裡，卻沒循原路回去，而是憑著一股直覺向窗邊移動。說也奇怪，我心裡冒出了一個聲音，要我站到那人原本的位置上，我照做了，還學了那人的動作，把臉湊近窗戶，朝屋裡張望。這個舉動，似乎是為了看看他看見了什麼。這時，葛羅思太太和之前的我一樣，從大廳走了進來，接著同樣戲碼就活生生在我眼前再度上演。她跟我一樣，看到了窗外的臉，又跟我一樣，突然被臉嚇了一跳，杵在原地。她嚇得臉色發白，我一看，不禁自問，我之前是否也嚇得面無血色。她瞧了我一會，接著循我方才的路線離開了飯廳，我心裡明白，她一定會離開屋子，走到我身邊來，然後我們就會碰頭了。我站在原地等她，等待之際，許多念頭也在心裡轉著，不過值得一提的只有一個：她，究竟在怕什麼呢？

5

她才從轉角後出現，馬上就把害怕的原因說了出來：「我的天，到底發生了什麼事啊？」她滿臉通紅，氣喘吁吁地來到我身邊。

我一語不發，待她靠近之後，才開口問：「妳說我怎麼了嗎？」這時我的表情大概很奇妙，「我臉上有什麼嗎？」

「您的臉整個發白，跟白紙差不多，很可怕。」

我思索了一下。我想，她對事情原委一無所知。其實，我原本不想驚動她，打算自己面對就好，但這時，我頓覺肩頭重擔隱隱落了下來，就算內心仍有遲疑，也和我想隱瞞的事無關。我伸出了手，她一把握住，我又握得更緊，讓我倆更能相互依偎，她的臉雖然露出一絲詫異，但在其中我仍感受到了慰藉的力量。「妳是來找我一起上教堂的吧，但我不能去了。」

「有事嗎？」

「沒錯，妳現在非知道不可了。我的表情很怪嗎？」

「在窗戶外面的時候，真是嚇死人了！」

「其實，」我說，「是因為剛剛被嚇到了。」從葛羅思太太的眼神判斷，顯然她一點都不想聽，但她心裡明白，她的責任就是得替我分憂解勞，所以她非聽不可！「我就是被那個畫面嚇到之後，才會變成妳剛剛看到的樣子。我之前看到的畫面，比妳看到的還可怕。」

「什麼畫面？」她的手僵了起來。

「有個男的，他很怪，一直往房子裡面看。」

「有怪人？誰啊？」

「我也搞不清楚是誰。」

葛羅思太太看了看四周，但一無所獲。「那他現在人呢？」

「我完全不知道。」

「您之前看過他嗎？」

「看過一次，他人在古塔上。」

她更加目不轉睛瞧著我，「您覺得是陌生人嗎？」

「噢，當然了！」

「可是您之前怎麼沒跟我說？」

「對，我之前有一些顧慮，但既然妳都猜到了……」

她睜圓了眼睛，顯然是知道了我的臆測。「哎呀，我連猜都還沒猜呢！」她淡淡地說，「這如果是您的幻想，要怎麼猜？」

「我沒幻想，這都是真的。」

「您只在古塔上看過他？」

「還有剛才，他就在這裡。」

葛羅思太太又環顧四周，「他在塔上做什麼？」

「站在塔頂，從上面看著我，就這樣。」

她思考了一會兒，「他看起來像好人嗎？」

這問題連想都不用想，「不像。」葛羅思太太的眼神滿是疑惑，「不像。」

「所以說，他不是這附近的人，也不是村子裡的人囉？」

「不是，都不是。我之前沒告訴妳，但我很確定。」

她莫名鬆了一口氣，彷彿聽到了好消息，但才過了一下又問：「但如果他不是個好人……」

「那他到底是誰？他很恐怖。」

「恐怖？」

「他很……天啊，他到底是什麼人！」

葛羅思太太又看了看四周，並向漸暗的遠方望去，接著她回過神來，沒頭沒腦拋出了一句話：「該到教堂去了。」

「我現在不想上教堂！」

「去一趟總有好處吧？」

「但對他們沒好處！」我朝房子點了點頭。

「對小孩嗎？」

「我現在不能離開他們。」

「您是擔心……」

我鼓起勇氣說：「我擔心那個人。」

我看著葛羅思太太，突然發現，她寬闊的面容隱隱透露著一件事：她好像知道內情。我的想法依舊朦朧不明，也還沒向她透露，不過她臉上寫著的，似乎正是我想的事。這時我靈機一動，覺得可以套她的話，這個念頭多半是因為她又追問下去才有的：「您是什麼時候在塔上看到他的？」

「大概是月中吧。傍晚的時候，和現在一樣。」

「天色昏暗的時候？」葛羅思太太說。

「噢，不是，那時候天還沒黑。我看到他的時候，跟現在看著妳一樣，都很清楚。」

「那他是怎麼進來的？」

「他又是怎麼出去的？」我大笑，「我根本沒機會問他！」我繼續說：「因為今天他沒有真的進到屋子裡來。」

「只是偷看而已嗎？」

「希望他沒做別的事！」這時，她鬆開了握著我的手，稍稍轉過身去。我等了一會，這才開口：「妳去教堂吧，回來見。我得在這裡守著。」

她緩緩轉身對我說：「您擔心小孩嗎？」

我們又對看了好一陣子。我反問：「妳不擔心嗎？」她沒回答，只是自顧自走向窗邊，接著又把臉湊近玻璃。這時，我對她說：「現在，妳知道他看到什麼了。」

她就這麼杵在窗前，並問：「他待了多久？」

「我一到外面，他就走了。我想和他碰頭。」

最後，葛羅思太太轉了回來，臉上的表情一目瞭然。「要是我，我根本不會走到外面來！」

「其實我也不會！」我又笑了，「但我還是出來了。這是我應盡的責任。」

「我也有我的責任。」她回了我之後，又補問一句：「他長什麼樣子？」

「我實在很想告訴妳，但是我描述不太出來。」

「描述不太出來？」她重複了我的話。

「他沒戴帽子。」她一聽，臉色愈來愈沉，顯然她心中有個輪廓了，我連忙替她一筆一筆勾勒下去。「紅頭髮，很紅、很捲。臉很長、很蒼白，五官端正，臉上有點鬍子，看起來怪怪的，顏色和頭髮一樣紅。他的眉毛顏色比較深，很彎，是弧形的，感覺能移上移下。他的眼睛非常尖，非常詭異，不過印象中滿小的，而且很呆滯。他的嘴巴很大，嘴唇很薄，除了那一點鬍鬚，臉上其他地方倒是光溜溜，一根鬍子也沒有。我覺得，他看起來很像演戲的。」

「演戲的！」這個時候，葛羅思太太也和演員沒兩樣。

「我從來沒見過演員，但我想樣子大概跟他差不多，很高、很挺，很愛動來動去。」我接著說：「但他絕對不是，絕對不是什麼好人！」

我愈說，她的臉色愈是蒼白，眼睛愈瞪愈圓，嘴也張得老大。「好人？」她喘起氣來，語氣裡滿是驚恐和不解，「他怎麼會是什麼好人？」

「所以妳認識他？」

看得出來，她想讓自己鎮定一點。「他帥嗎？」

我知道怎麼幫她了。「很帥！」

「他穿什麼衣服？」

「別人的衣服。看起來很時髦，但不是他自己的。」

她突然慘叫一聲，一副快窒息的模樣：「是老闆的！」

我猜對了，於是追問下去：「妳真的認識他？」

她遲疑了一秒鐘，然後大叫：「昆特！」

「昆特？」

「彼得．昆特。他來這的時候，昆特就在他身邊，是他的貼身傭人！」

「妳說的他，是指老闆嗎？」

她不停喘氣，又朝我吐了一串話出來：「他從來不戴帽子，但會穿……啊，有好多件西裝背心全都消失了！他們兩個去年還一起來這裡。後來老闆走了，只剩昆特。」

我很認真聽著，但在這打了個岔。「只剩他？」

「剩他，再加上我們。」接著，她掏心掏肺似地又補了一句話：「他就變成大總管了。」

「他後來怎麼了？」

她沉默半晌，不發一語，事情感覺愈來愈玄。「他也走了。」

「走了？去哪？」

她一聽，臉色為之一變。「誰知道啊！他死了。」

「死了？」我差點尖叫出聲。

她奮力打起精神，站穩腳步，好把這詭譎事說明白：「對，昆特先生已經死了。」

6

顯然，我擁有特異的感知能力，連葛羅思太太也察覺了，她一方面驚愕，一方面也對我抱持同情；當然，除了上述對話之外，我們還花了不少時間，才能坦然面對這項新發現。為此，整整一個鐘頭的時間，我都在愁雲慘霧中度過。當天傍晚，我和葛羅思太太也沒上教堂，只能悶頭躲回教室內，把這麻煩事談了又談，最後兩人更是淚眼相對，不斷起誓禱告，給對方加油打氣。暢談之後，整件事的衝擊也消失殆盡了。她呢，什麼都沒看見，連影子的影子都沒看見，而這棟房子裡的人，除了我這個女老師以外，沒有半個經歷過類似的遭遇。然而，她聽了我的敘述，卻沒有懷疑我神經錯亂，反而全盤接受了，最後甚至還變得溫柔體貼，表示全心全意信任我。這樣的體貼，可謂人性最美好的一面，時至今日，我仍感念在心。

當晚，我們倆彼此說好，今後要一起面對挑戰。她雖然沒親眼目睹那畫面，但我總覺得她心裡的擔子比我還重。而我終於知道，自己為了保護學生，究竟能勇敢到什麼程度，到了後來，我依舊有同樣的體會。不過，我也花了好一陣子才明白，我的好夥伴為何願意守諾，明明我脾氣怪，我的夥伴也一般怪。但是現在回首前塵，發現我們那時想出的辦法，確實能穩定軍心，也是兩個人都支持的。還好有這個辦法，我深陷愁雲慘霧中的心緒，才得以舒坦一點：我們決定，先讓我到庭院裡透透氣，葛羅思太太稍後跟上。回想起來，當晚兩人分開時，我又回到了生龍活虎的模樣，讓我至今難念。而散心過程中，我們更將我稍早的經歷談了又談，一點細節也不漏。

「您是說，他在找的不是您，而是別人？」

「他是來找哥哥的。」對我來說，事情好像水落石出了，「他想找的就是邁爾斯。」

「您是怎麼知道的？」

「我知道！我就是知道！」我整個人愈來愈亢奮，「太太，妳也知道吧？」

她似乎默認了，但這樣不夠，雖然她不一定要講明白，可是她非說不可。過了一會兒，她開口了：「可是那個人，他要是真的看見他了，要怎麼辦才好？」

「妳說邁爾斯？那就是他的目的啊！」

她又是一副嚇破膽的樣子。「您是說哥哥？」

「拜託，當然是那個男的！他想出現在小孩面前。」這念頭實在可怕，但我不知哪來的信心，自認能掌控大局，還趁著散心的時候，成功向葛羅思太太證明了自己的能耐。我當時深信，同樣的畫面必定會再次上演，可是內心深處卻有個聲音，要我勇於承擔一切，把敵人引到自己身邊，再一舉擊潰對方。那個聲音還希望我能犧牲小我，以維護屋裡平靜的生活，特別是兄妹倆，我一定得保護他們，讓他們免於驚擾。我記得，我最後和葛羅思太太說了這麼一句話：「我的學生都沒提過這件事，我很驚訝！」

說到這，我若有所思打住了一下，此時，她認真看著我說：「您指的是，他待過這裡，還和小孩相處過這件事嗎？」

「不僅如此，還有他的名字、背景，孩子一個字都沒提過。」

「哎呀，妹妹什麼都不記得。她根本什麼都不知道。」

「連他怎麼死的也一樣？」我認真思索了一下，「可能吧。但邁爾斯……邁爾斯應該知道。」

「不要去問他！」葛羅思太太大喊。

我回看了她一眼。「不要怕。」我繼續沉思，「這件事真的很怪。」

「因為哥哥從來沒提過那個人？」

「完全沒有。但妳卻跟我說他們是『好朋友』。」

「噢，我說的不是他！」葛羅思太太大聲疾呼。「都是昆特自己愛幻想，想和哥哥玩……我的意思是，想帶壞哥哥。」她停頓了一會接著說：「昆特簡直無法無天。」

我想起那張臉，就是那張臉！我突然一陣反胃。「他都這樣對我親愛的孩子嗎？」

「對每個人都一樣！」

我想，屋子裡的其他人多少脫不了關係；當年的傭人有好幾位仍和我們住在一起，因此我暫時忍住，先不細究她的話。但值得慶幸的是，在這棟溫馨的老房子裡，尚未出過什麼難堪的醜事，不致讓人坐立難安。我們確實沒有臭名在外，而當時的葛羅思太太也只想依偎著我靜靜發抖。但是到了午夜時分，葛羅思太太手抓著門把，正準備離開教室之際，我還是小試了她一下：「這件事很重要，我得再確認一次：妳是說他的確很壞，大家也都這麼覺得囉？」

「不是大家都知道。我是知道，但老闆不知道。」

「妳從來沒跟他說過？」

「老闆不喜歡人家打小報告，最討厭人家怨東怨西。對於這種事，他總是相當反感。只要他覺得對方順眼……」

「就不會再去煩人家了，是嗎？」這點，和老闆給我的印象不謀而合。他不愛惹事生非，但就交友習慣而言，他似乎沒那麼謹慎。於是我再次撂下重話：「我要是妳，我一定會向他告狀！」

她感受到了我的不滿。「我承認，當時沒告狀是我不對，可是我真的很害怕。」

「妳在怕什麼？」

「怕他。昆特很狡猾、心機重，什麼事都做得出來。」

聽到這句話，我表面上無動於衷，心裡倒是謹慎記下了。「妳不怕別的？不怕他影響……」

「影響什麼？」她露出痛苦的表情，邊重複我的話，邊等我把話說完。

「影響小孩。他們那麼天真可愛，還是妳負責照顧的。」

「沒有，不關我的事！」她氣急敗壞回答，「老闆非常信任他，叫他留在這裡，因為他身體好像不太好，需要待在鄉下呼吸新鮮空氣，然後他就開始管東管西了。」接著，她說出了實情：「而且連小孩也管。」

「連小孩也……那傢伙。」我想怒吼，但按捺住了，「妳居然受得了？」

「我受不了！現在也一樣！」可憐的太太，她又哭成了淚人兒。

隔天開始，我們如前所述，隨時盯緊孩子的一舉一動，就這樣過了一整個星期，但是我們倆卻不時提起這件事，還愈談愈激動！星期天那天，我們雖然暢談了一番，但晚上分開以後，我一想到她沒提到的部分，依舊惴惴不安，至於我當晚是否成眠，答案想必很清楚了。所有的事，我都一五一十說了，可是葛羅思太太卻有所保留。到了隔天早上，我才知道不是因為她不夠坦白，而是顧忌太多，怕東怕西。那晚，我把事情徹頭徹尾想了一遍，想到隔天快中午了，我才釐清這些往事的意義，包括曾經發生過的殘酷事件。那人生前的惡行惡狀，他在布萊待了多久，以及大家有多畏懼這惡棍，我已經很清楚了，至於他死後如何，就不得而知了。

某個冬日清晨，有位清早上工的工人，發現彼得・昆特僵死在出村的大路上，這人總算不能再作惡了。他頭上有個明顯的傷，乍看之下，多少能推斷出慘劇成因。他大概是從酒吧裡走出來，在一片漆黑之中，走錯了路，踩上一條結冰的陡坡，滑了下去，最後撞破了頭，陳屍在坡底（法庭據跡象研判，認為事發經過確實如此）。結冰的陡坡、晚上走錯路、酒醉，這些因素加總起來，讓法庭上議論紛紛的眾人，都認為死因無他。可是，從他生前的經歷來看，他的人生曲折離奇，頻逢危難，暗裡又做盡壞事，惡名遠播，如此一來，這案情絕不單純。

關於我的遭遇，我真不知道如何下筆，才能忠實傳達那時的心境，不過在那些日子裡，我成了時勢英雄，這樣的頭銜確實讓我喜不自勝。我背負的任務雖說是種榮耀，難度卻不小。啊，我的表現如此傑出，其他女老師恐難並駕齊驅，若某人有幸親眼見證，那該有多好！坦白說，每當我回首過往，總是抱持堅定、單純的心態，不吝自勵一番，這種念頭對我大有幫助。我的責任就是要保護兩位小寶貝，讓孤單伶仃的兄妹倆免受威脅，全世界最可愛的就是他們了。一想到這裡，他們的模樣就更加可憐，這怎不教人深深痛心，想好好疼愛他們？危險近在眼前，我們仍孤立無援，不過我們卻是團結一心的。兄妹倆能依靠的人只剩下我了；而我呢，我也只剩他們了。這是個大好機會。在我的心裡，我彷彿化身為一座屏障，立在他們面前遮風擋雨，只要我承受的愈多，小孩需要面對的就愈少。從那時起，我為了這樁懸案，鎮日神經兮兮地盯著小孩，還好這情況沒有持續下去，否則我不發瘋才怪。逃過一劫的原因，我到現在才明白，原來是因為出現了證據——一些駭人的證據，讓懸案不再沒有頭緒。是的，就是證據，我終於找到證據了。

這一切，要從某個下午說起。那時我和妹妹在園子裡散心，邁爾斯則待在屋子裡，坐在窗邊的大椅子上，枕著紅色椅墊，把他沒看完的書看完。這小男孩唯一的缺點，就是腦子動得快、性子急，他願意耐心看完一本書，我真是高興都來不及，稱讚了他幾句之後，便由他去了。妹妹則是執意要出外走走，於是我們趁著艷陽依舊，天氣稍熱之時，特地走在涼蔭裡，散了半個鐘頭的心。走著走著，我忽然發現，她其實和哥哥一樣，就算暫時離開我，也會想辦法不讓我被冷落；或是在陪伴我的時候，也盡量不給我壓力。他們倆既不纏人，也不會死氣沉沉，兩人兀自玩耍的模樣，總讓旁觀的我目不轉睛，彷彿是一場精心策劃的表演，而我則是受邀觀賞的觀眾。身在其中，就像是走進了他們創造的世界一樣，但他們除了因為遊戲需要，得請我扮演某個重要角色，或是充當關鍵道具之外，並不會來打擾我。多虧老闆給了我這樣的閒差，讓我能樂在其中，歡欣度日。那天下午我扮了什麼，已經記不太得了，我只記得在遊戲裡頭，我完全不須出聲，但戲份很重，至於一旁的芙蘿拉，倒玩得很起勁。當時，我們就坐在湖邊，因為我們不久前才上起地理課，便將那座湖泊命名為亞述海①。

突然間，我隱約感覺到亞述海的另一頭有個人，正看著我們的一舉一動。這個念頭怎麼冒出來的，實在莫名至極，但天下最怪的事，莫過於這念頭來得如此迅速。那時，由於扮了個能坐著的角色，我便坐在舊石凳上，面著湖做起針線活來。就當時的角度而言，我雖然無法親眼證實，但卻能百分之百確定，除了我們兩人之外，遠處還有另外一個人。

是有那麼幾株老樹，加上茂密的灌木叢，在園子裡灑了一地的涼蔭，但那個平靜炎熱的下午，天色明朗，樹下還透著光，不管是什麼東西，沒有看不清楚的，所以那個人影絕不可能是我的幻覺。我心裡明白，一旦抬頭望向湖的對岸，大概就會看到了。這個時候，我依舊注視著手裡的針線，而現在我還記得，當初費了好一番勁才讓自己冷靜下來，不要隨意張望，並告訴自己要謀定而後動。有個陌生的東西就在眼前，我不禁強烈質疑，這東西應該無權存在才對。印象中，我盤算了各種可能，還不斷提醒自己，那人非常可能是從村子過來的，可能是個信使、郵差，也可能是某家店的跑腿小弟。只是，我再怎麼說服自己，也無法動搖已然形成的信念，因為那位來者的性格、態度，我根本不用抬頭看就能感覺到了，這人的身份，絕對不是剛剛想的那幾種人。

對於這人的身份，只要等我全身燃起勇氣，就能馬上斷定了。於是我

①亞述海（Sea of Azov）為一內陸海，位於東歐，與黑海毗鄰。

又費了一番勁，將眼神移轉至十碼之外的芙蘿拉，盯著她瞧，想知道她是不是也看到了那個人影，那氣氛之驚悚，我的心跳似乎暫停了。我屏氣凝神，等著聽芙蘿拉大叫出聲，看看她天真無邪的臉龐，究竟會露出好奇還是恐懼的神色。只是我等了好一陣，卻一點聲響也沒有，而接下來的經過，在我想敘述的事件當中，這肯定是最恐怖的了：我發現，原本還在玩耍的芙蘿拉，居然在短短一分鐘之內就完全沉默下來，而且還轉過身子，背湖而坐。我看著她的時候，依舊確信有人正盯著我們，但她當時的反應就是如此。接著她撿起一小片木頭，木片上有個小洞，讓她一時興起，想拼出一艘船，於是她找了根木條充當船桅，想塞進那個洞裡去，據我觀察，她確實是全神貫注，很想組合出一艘船的。看著芙蘿拉的一舉一動，我的精神為之一振，過了幾秒，我覺得我準備好了，於是再次移轉視線，正視我得正視的東西。

7

我究竟如何熬過來的，現在倒說不清了，只記得事情過後，我連忙去找葛羅思太太，還直接撲進她懷裡，不住哭喊：「孩子知道！太恐怖了！他們都知道！什麼都知道！」當時的哭喊聲，至今仍迴盪在耳邊。

「知道什麼？」她摟著我，但話裡聽得出疑心。

「我們知道的事，他們全都知道！說不定，他們知道的還更多！」待她一鬆手，我立刻將事情經過說了一遍：「兩個小時之前，在花園裡面……」我連話都說不太出來了，「芙蘿拉看到了！」但那時候，我倒覺得自己敘述得相當清楚。

葛羅思太太的反應如同肚子吃了一拳一般，一面喘著氣，一面問：「她跟您說了？」

「一個字都沒說。她什麼都不想讓人知道，這太可怕了！她才八歲、八歲而已啊！」這事的駭人之處，同樣很難講明白。

當然，這時的葛羅思太太，也只能張大嘴巴了：「那您怎麼會知道？」

「我人就在那，我親眼看到了。我看到了，她絕對知道這件事。」

「那男人的事嗎？」

「不是，是一個女人。」從葛羅思太太的表情判斷，我說這話的時候，臉色肯定很糟，「這次換了一個人，但和那個男的一樣，都是兇神惡煞。我看到一個女的，穿著黑衣服，面色慘白，她的表情、她的臉，嚇死人了！她就站在湖對岸。我和妹妹在湖邊玩，靜悄悄地，突然間，那女的就來了！」

「來了？從哪來？」

「管她從哪來！反正她出現了，就站在那裡，但離我們有點遠。」

「沒有靠近妳們嗎？」

「天啊，她給我的感覺，跟站在我旁邊差不多！」

我的朋友嚇了一跳，猛然退後一步。「這個人，您是不是沒見過？」

「沒有，可是小孩見過。妳也見過。」我想讓她知道我看透了一切，便挑明了說：「是前一任老師，死掉的那個。」

「潔索小姐？」

「對，潔索小姐。妳不相信我？」我逼問。

她左搖右晃，整個人不安起來。「您為什麼這麼肯定？」

我一聽，心頭掀起一陣激動。「妳去問芙蘿拉，她肯定知道！」但話才出口，我就後悔了。「不要，千萬不要去問她！她會說她不知道，她會騙妳！」

葛羅思太太隨即質疑：「但您為什麼這麼肯定？」她慌歸慌，倒未失神。

「因為我很清楚。芙蘿拉不想讓我知道真相。」

「她只是不想嚇到您。」

「不，不對，事情很複雜，很複雜！我想得愈多，就知道愈多，而且我知道愈多，就愈害怕。我看出來了，我很害怕！」

葛羅思太太拼命聽，想聽懂我的話。「您是說，您很怕再看到潔索小姐嗎？」

「不是，我現在根本不怕看到她！」我繼續解釋，「我怕的是我會看不到她。」

她一臉茫然，眼神渙散：「我聽不懂。」

「我怕芙蘿拉會繼續和她來往。我知道，這事一定會發生，而且我會被蒙在鼓裡。」

聽到這，葛羅思太太差點站不穩，但她連忙穩住身子，好像我們要是不振作，而退讓了半分，就會完全崩盤。「不行，不行，我們要冷靜一點！芙蘿拉可能沒想那麼多！」她還硬開了個玩笑，「有人作伴，她說不定很開心！」

「和這種東西作伴，她會開心？她年紀才這麼小！」

「但這不就證明，妹妹很天真可愛嗎？」她鼓起勇氣問。

她這麼一說，倒有點說服我了。「啊，我們得先這樣想，一定要先相信是這樣！因為要不是這樣，就會是……天哪，我不敢再想了！那女的，快把我嚇死了。」

這時，葛羅思太太眼睛看著地面，過了一會，才又抬起頭來，開口說：「您是怎麼知道的？告訴我。」

「所以妳承認了，就是她沒錯？」我大喊。

「您怎麼知道的？告訴我。」她只重複了剛才的話。

「知道？我是親眼看到的！她的眼神告訴我的。」

「她看著您的時候，眼神很邪惡，是這樣嗎？」

「不，不是，看我倒還好，我還能忍受。但她根本沒看我，而是盯著芙蘿拉看。」

葛羅思太太努力想像當時的情境。「盯著她看？」

「對，她的眼神很可怕！」

她直盯著我，好像我的眼睛，跟那人的眼睛沒兩樣。「是不滿的眼神嗎？」

「老天啊，不是。比這更糟。」

「比不滿還糟？」她是真的被我弄糊塗了。

「她的眼神很執著，真的很難描述。她有點憤怒，看得出有所企圖。」

她一聽，臉色倏地慘白起來。「企圖？」

「企圖要控制妹妹。」我倆四目相接，這時葛羅思太太打了個冷顫，逕自走到窗邊，站在那裡望向外頭。我接著把話說完：「芙蘿拉一定知道這件事。」

過了一會，她將身子轉了回來。「您說的那個人，衣服是黑的嗎？」

「跟喪服一樣黑，而且很破爛，但說真的，看起來有種特別的美。」我描繪得愈是精細，葛羅思太太就愈相信我，最後，她更琢磨起我的話來。「很美，非常美。」我再度強調，「但是卻不太正派。」

她緩緩走回我身邊。「潔索小姐……確實不是很正派。」她伸出雙手，將我的手握得緊緊的，像是要保護我，怕我一知道真相，就會被嚇壞。「那兩個人都不太正派。」她說。

這下子，我們又回到同一陣線了。我發現釐清真相之後，對我們大有幫助，於是我對她說：「妳隱瞞了這麼久，我實在很佩服這樣的堅持，但是現在非說不可了，請妳不要再瞞了。」她表面上同意，卻還是閉口不語，我只好繼續催促：「我一定要知道才行。潔索小姐怎麼死的？他們兩個彼此一定有某種關係，快說。」

「什麼關係都有。」

「但他們兩個……」

「身份、背景都不同。」她傷感地說，「潔索小姐，她是個善良的小姐。」

我想了一會，又想通了一些事。「是，她是善良的小姐。」

「那個人的身份，差小姐差多了。」葛羅思太太說。

追問前任老師的醜事，其實不太恰當，畢竟葛羅思太太是傭人，但她既然想說，我也沒道理不聽。我又想起了老闆那位貼身傭人，就是那個狡猾的男人，還有他那張俊俏端正，卻目中無人、喪心病狂的臉。這時，我索性這麼說了：「那個男的，真是個禽獸。」

葛羅思太太一聽之下，開始回想起他的樣子來。「他這種人，我從來沒碰過。他想做什麼，沒有做不到的。」

「是對潔索小姐這樣嗎？」

「對大家都這樣。」

我的朋友好像又看見了潔索小姐。她的眼睛裡彷彿冒出了我在池畔見到的身影，模樣清清楚楚。於是我斬釘截鐵地說：「他想做的事，潔索小姐肯定也想做！」

葛羅思太太臉色一變，證明我說的沒錯，但她馬上解釋：「她很可憐，最後付出代價了！」

「所以，妳知道她怎麼死的囉？」我問。

「沒有，我不知道。我什麼都不想知道。還好，我真的什麼都不知道。她最後解脫了，我很高興。」

「但妳之前說過……」

「她為什麼離開嗎？哎呀，這當然了。您想想，她那種行為，加上她又是老師，當然待不下去。但剩下的情況，我只能用猜的，也一直猜到現在。我腦中的畫面，真的很可怕。」

「和我的比起來，大概不算什麼吧。」我回答，同時心裡明白，自己的臉上肯定寫滿了絕望。我的頹喪再度激起了她的同情心，在對方的溫情攻勢下，我終於撐不住了，並和她之前一樣淚水潰堤。葛羅思太太見狀，便將我擁入她慈愛的懷中，讓我好好哭一場。「沒辦法了！」我灰心透了，不斷哽咽，「我沒辦法保護他們了！事情比我想的還糟，他們慘了。」

8

我對葛羅思太太說的全都是肺腑之言，包括一些難以啟齒的感受和幻想，全都對她說了。這事讓我們不斷掛念著，到了下回碰頭時，我們便約定好，從今天起絕不胡思亂想，而且就算退無可退，都得沉著應對才行。老實說，一旦碰上這種事，加上一些特異的體驗，想要保持冷靜還真難，不過我們的決心並未因此動搖。

當天深夜，我們趁整屋的人都睡了，便聚在我的房裡繼續討論這件事，甚至逐一核對每個細節，確定我看見的景象真的是如我親眼所見。我發現，如果要讓她相信我，只需要使出反問這招就夠了：每次她說我「瞎掰」，我就會說如果這些人物、經歷是我捏造的，哪有可能講出這麼多細節？再說，我提到的特徵都讓她馬上聯想到某個人，並叫出名字不是嗎？她說她不想再討論下去，這很自然，我不怪她。我向她保證，我之所以想繼續探究，都是因為太想找到出口，想趕快從噩夢中醒過來。我誠懇地說，今後如果再發生類似的事件（對我們來說，這是遲早的事），我一定會冷靜面對問題；而我也向她聲明，之前我經歷的遭遇暫時不再困擾我了。其實，我反倒又懷疑起別的事來，這才是最讓人困擾的。但還好，過了幾個小時之後，我慢慢放鬆了下來。

宣洩告一段落後，我們就各自去忙了，我呢，當然是去找我的學生了。對我來說，他們迷人的氣息猶如一帖良藥，能夠慰藉我的傷痛，而我也發現，他們確實是我的活力泉源，效果奇佳，屢試不爽。簡而言之，就是我回到芙蘿拉身邊去了。這一次，我有了新的體驗：這個孩子，好像只要用小手一摸，就能探到我的痛處。這怎能不教人開懷舒暢！她用一雙溫柔的眼，把我瞧了又瞧，然後指著我的臉，說我剛剛「哭了」。這些不堪的痕跡，我還以為早就抹掉了，但一想到她所給予的無盡善意，我反倒兀自慶幸，還好臉上留了一些痕跡。那對藍眼珠，任何人只要深深望著一刻，就不會懷疑這小孩城府過深，想刻意討好人，會這麼說的人，恐怕是憤世嫉俗了點，因此我傾向摒棄個人論斷，並拋開所有不安。

但除了在心裡盼望，我還希望付諸實行，也就是向葛羅思太太強調，我只要聽聽小孩的聲音，將他們擁入懷裡，再讓自己的臉貼著他們燦爛的雙頰，那麼，除了他們的稚嫩嬌柔，其他事情都不重要了。確實，我也一而再、再而三地向她說了這些話。不過，為了速戰速決，我只得老調重彈，把那天下午在湖畔發生的種種跡象，以及我奇蹟般的沉著態度，重新細數了好幾回。對於這一切是否真實無偽，我也不得不再次爬梳、分析，同時反覆強調，芙蘿拉和那位訪客，其實能夠神不知、鬼不覺暗自交流，這對雙方來說，看來已經習以為常了。或許，芙蘿拉見到那個人的方式，和我看見葛羅思太太的方式不太一樣；或許，她真的看見了，也試圖不露破綻地誤導我，讓我以為自己眼睛花了。對於這些疑惑，我卻因受異象所囿，未能認真思量，而我也應該像之前一樣，用顫抖的聲音，替當下的紛亂思緒開脫一番，可惜的是，這回我沒做到。但針對芙蘿拉刻意的舉動，我也得再次扼要闡述：她動作變大、愈玩愈起勁，嘴裡還哼著歌、念念有詞，甚至邀我一同玩耍，顯然是想轉移我的注意力。

不過，要是當初回顧的時候，沒有投注全副心力，認真證明事態不嚴重，只要其中有兩、三件不起眼，卻可堪慰藉的事，我也許就會忽略了。也許，我就不會向我的朋友發誓，表示我沒有說謊欺騙自己。也許，自己就不會退無可退，最後迫於內心需求（這狀況，我實在不知道如何描述），死命要求我的夥伴，希望她能供出實情，以利解決問題。在我的淫威之下，她只好陸陸續續將許多往事交代清楚，但其中有個小地方卻曖昧不明，彷彿蝙蝠翅膀一樣，三不五時劃過我的眉心。

還記得，正是由於整屋的人都睡了，而且我們為了應付危機的守夜行動，看似有助於解決問題，我才認為這最後一層真相帷幕非得揭開不可。當時，我是這麼對她說的：「我相信，世界上不會有這麼恐怖的事。我是認真的，我真的是這麼想的。但是，要想讓我改變心意，妳得先告訴我一件事。這次我可不會隨便放過妳，妳還是從實招來吧！邁爾斯回來之前，學校寄了那封信，讓我們倆很擔心，我追問的時候，妳卻說妳從沒說過邁爾斯不會做壞事。那時候，妳心裡在想什麼？這幾個禮拜我一直在他身邊，仔細觀察他，從來沒看過他做壞事。這個神奇的孩子，又善良又討人喜歡，總是一副冷靜的樣子。妳之前那樣說，肯定是看過他做壞事吧？妳到底看到過什麼？妳說的那些話，究竟指的是哪件事？」

我的問題直接了當，但我們的對話卻不走嘻皮笑臉路線。無論如何，在我們眼見灰濛濛的黎明升起，不得不散會之前，我終於將答案要到手了。我朋友當時的心事，確實繞著小孩的行為打轉，她說，有好幾個月的時間，昆特和邁爾斯總是形影不離，她念茲在茲的正是這件事。為此，她不僅曾出面批評，認為他們的親暱有失體統，暗指他們犯了社會禁忌，她甚至還曾向潔索小姐攤牌，一起討論這件事。當時，潔索小姐相當傲慢，要葛羅思太太別多管閒事，這位善良的太太聽了，只好改變計畫，直接去找邁爾斯談一談。他們談了什麼？在我的追問之下，她說，她希望邁爾斯要有紳士的樣子，不要自貶身份。

我當然繼續追問下去：「妳是想提醒他，昆特只是個卑賤的傭人嗎？」

「大概是這樣沒錯！但他回我的話，內容真的很糟糕。這是其中一點。」

「所以還有別的？」我停頓了一會，等她回話。「他是不是把妳說的話，全都和昆特說了？」

「不，不是這樣。真正的問題是，他不肯說！」事情愈來愈精彩了。

「不管怎樣，我確定他沒和昆特說過。」她又加了一句，「但是，他倒是否認了幾件事。」

「哪幾件事？」

「像是，他們倆混在一起的時候，昆特簡直就是他的老師，像大師一樣，至於潔索小姐，則變成妹妹的專屬老師了。還有，哥哥常和那傢伙出門玩樂，一去就是好幾個鐘頭。」

「所以，邁爾斯就顧左右而言他，說他沒有，是嗎？」看她的臉色，顯然是被我說中了，我於是繼續說下去：「沒錯，他說謊。」

「喔。」葛羅思太太喃喃道。顯然這不是什麼嚴重的事，她甚至補充說：「其實，潔索小姐完全不在乎，沒有說他不准去。」

我思索了一會，「他是不是用這個當理由，替自己開脫？」

她一聽，說話的興頭又沒了。「沒有，他從來沒這樣說。」

「潔索小姐和昆特之間的事，他也從來沒說過嗎？」

她臉紅了，看來她知道我在想什麼，「他沒有明講，只是不承認而已。」她重複，「只是不承認而已。」

我的天，我又要繼續逼她了：「所以妳看得出來，那兩個無恥之徒的關係，哥哥其實知道囉？」

「我不知道，我不知道！」她大叫。這可憐的女人。

「親愛的太太，妳一定知道。」我說，「妳只是不像我一樣大膽，妳太老實、臉皮太薄，才不敢說出口。之前，我還沒來的時候，妳只能忍氣吞聲，悶壞自己。可是現在，有我來幫妳了！妳在哥哥身上，一定看出了什麼東西。」我繼續說，「他在幫那兩個人掩飾。」

「但根本掩飾不了……」

「所以妳知道真相，我說的沒錯吧！」我拼命思考著，「天哪，這就表示，哥哥被他們教成那樣了！」

「哎呀，現在都沒差了！」葛羅思太太苦苦哀求。

「難怪，」我說，「我們討論那封信的時候，妳的臉色就怪怪的。」

「我的臉色哪有妳怪！」她扯開嗓子大聲反駁，「哥哥要是真的那麼壞，現在怎麼可能像小天使一樣？」

「是啊，他在學校到底是怎麼個壞法？他到底做了什麼，做了什麼？」我傷心透了，「過幾天，妳記得再問我一次，雖然我不見得有答案。反正再問我一次就對了！」我大吼一聲，她不禁目瞪口呆。「有些事情，我得繼續調查下去才行。」我把她剛才提的第一件事，也就是有時候，哥哥會露出馬腳這件事，又拉出來討論一次。「妳提到昆特的時候，把他罵得那麼慘，說他是個卑賤的傭人，如果是這樣，我猜邁爾斯也是這樣說妳的，對吧？」她看來是同意了，我於是繼續問下去：「妳最後原諒他了？」

「您不會原諒嗎？」

「噢，當然會！」在一片靜謐之中，我倆笑了一會。我繼續說：「無論如何，哥哥和那個男的，兩個人膩在一起……」

「芙蘿拉和那個女的也膩在一起。這樣的配對，沒有人不滿意！」

我也很滿意她的回答，但總覺得有點過頭了。我的意思是，我已經不斷克制自己，不要往陰暗面解釋了，但事情的真相和我的陰暗想法卻不謀而合。不過，既然我克制得很好，這事就不再多提了。其實，從我最後對葛羅思太太說的話裡頭，多少就能看出端倪：「我本來想從妳的嘴巴裡了解這小孩是什麼個性，但坦白說，我還真沒想到他會說謊，而且還很沒禮貌。」我想了想，「不過，這樣也好，我現在真心覺得，一定要好好盯著他才行。」

才過沒多久，我朋友的臉上居然寫著「我是真心原諒他了」，這一幕著實讓我臉紅了。原來，她講這則小故事的目的，是希望我能慈悲為懷。

她離開的時候，在門邊對我說的話，已經點出她的用意了。她說：「您一定不會罵他……」

「罵他三緘其口，都不提他和那傢伙的交情？妳聽好了，沒有證據，我是不會隨便罵人的。」出了教室後，我選了另一條路，陪著她回房去，最後以「我再看看吧」一句話收場。

9

日子一天一天過去，我盼著盼著，盼到焦慮都淡了。有幾天，我和學生形影不離，也沒發生任何異狀，我的心裡彷彿讓海綿擦過一般，少了許多陰暗幻想和不堪的回憶。我說過，我曾經努力說服自己，希望能全心沉醉在兄妹倆的天真美善之中，這樣的信念或多或少能撫慰心神，但要是我忘了付諸實行，後果也不難想像。現在，為了新一波的內心衝突，我得與之搏鬥，這感受實在怪不可言；而且，若非我屢戰屢勝，恐怕又免不了一番精神折磨。我曾納悶，我對這兩個孩子的疑心，究竟被他們看穿了多少？只是隨著事件接連發生，他們的舉動反而更令人起疑。我天天提心吊膽，怕自己疑心愈來愈重，有天會被識破；但從壞的方面想，他們看起來愈是天真無邪，我就愈得冒險，好釐清真相。我獨處時，的確常常這麼想，可是他們的純真卻好像上天註定，讓人不忍苛責。有幾次我見到他們時，立刻有一股衝動湧上心頭，逼得我迎上前去，將他們一把擁入懷中。事後我總不免自疑：「他們會怎麼看我？我會不會太直接了？」於是開始焦慮，開始擔心自己是不是露了馬腳，這也算是情有可原；但那個時候，明明過了好幾個鐘頭，我依舊心如止水。我想，這是因為孩子魅力十足，他們就算再會裝、再令人起疑，那股迷人氣息卻從未消失。其實我曾擔心自己情感太豐沛，常常表露無遺，或許會讓他們起疑；我也曾懷疑過，他們之所以愈來愈熱情，其中可能有詐。

那時，兩個孩子是如此喜歡我，他們的愛滿得出奇，我想或許是因為小孩不斷見人彎下腰，給自己摟摟抱抱，因此便懷著善意，用心回應著對方吧。他們滿滿的善意，對我而言，真是最好的心靈良藥，我還差點忘記自己曾經懷疑過他們的舉動別有用心。我想他們對待呵護學生的老師，從沒像這次那麼認真。以課堂表現來看，他們確實不斷進步，任何老師看了都開心，但真正讓我開心的，卻是他們逗老師開心、給老師驚喜的方式。孩子會讀文章、講故事給我聽，和我玩比手畫腳，甚至扮成動物或歷史人物，再撲到老師身上。而最驚人的，莫過於他們偷偷背了幾篇課文，爛熟於心，成天在嘴裡複誦。只要陪著孩子，我就會努力觀察孩子的舉動，一面私下記錄，一面校正觀察內容，但這些點點滴滴，即便花上再多時間，也永遠說不盡。

打從一開始，我就發現他們天資聰穎，無論學什麼，總是一點就通，成果更是卓越出眾，做起課堂上的小作業，好像也樂在其中。他們記憶力絕佳，也從不掩飾鋒芒，一會扮老虎，一會扮羅馬人，有時還會扮莎劇人物、天文學家、航海家。其實，孩子的出眾才華和一件奇事非常相關。當時，一想到邁爾斯換學校的事，我居然能夠泰然處之，而對於這個反應，我至今找不出第二種解釋。那時，我並未談起換學校的事，之所以如此，我想大概是因為我總是覺得邁爾斯聰明伶俐，時有驚人之舉，這孩子這麼聰明，他平庸的老師，像我這樣一位牧師的女兒，根本寵不壞他。至於我所謂的「解釋」，同時也是最匪夷所思、最特別的一點，就是我總覺得，這位神童背後有一股教唆的力量，誘他犯下壞事，要是我膽子夠大，或許就能揭開真相了。

這樣的孩子若就學得晚，確實合情合理，但若是被老師「踢出校門」，那可就是個玄妙難解的謎了。容我補充一件事：我就算跟著他們，幾乎到了寸步不離的程度，還是找不到任何線索。我們整天被音樂、戲劇包圍，生活中滿是感情及學習成就，如同飄在雲裡一般。兄妹倆都有過人音樂天賦，哥哥尤其驚人，無論任何旋律，他只消聽過一次，就能立刻彈出來。教室內的鋼琴常常奏出各式詭異音響，而琴聲一滅，角落又傳來交頭接耳聲，接著有一人會興高采烈地走出房門，回來時又是個全新的角色了。我自己也有哥哥和弟弟，對我來說，小女孩會崇拜小男孩，算不上什麼稀奇的事，但對於年紀、性別、智力都不如自己的小女孩，小男孩還能如此溫柔體貼，真可算是件奇事了。兄妹倆總是和和氣氣，若想讚美他們的氣質，光說他們不發生口角、不互相埋怨，還嫌太俗氣了，但我有時候（沾染了俗氣的時候）覺得，兄妹倆似乎有種默契，總會有一人黏著我，讓我無法分神，這時另一個人則偷偷溜走。我想，無論何種交際手腕，裡頭總有純真的一面，就算我的學生對我使出手段，其中鐵定也無甚惡意。不料，安穩日子才過沒多久，可怕的事又臨頭了。

說到這，我真的猶豫了，但我得鼓起勇氣，好好面對這殘酷記憶。我對宗教本不感興趣，但經歷了布萊的駭人事件，我不但懷疑起信仰的本質，也在萬般掙扎下，將當初的慘痛遭遇回顧得徹徹底底。過沒多久，我立刻就發覺，回顧過去純粹是種折磨，不過既然都陷得這麼深了，想要解脫，也只能繼續說下去了。當年某晚，我突感背脊發涼，雖然在初抵此地的那晚，我也感受過這絲涼意，但這次卻強得多。其實，要是我在布萊的日子能安穩點，少點波折的話，我對第一晚的那絲涼意，也不會留下那麼深刻的印象。

❁

那晚就寢前，我仍端坐在燭光中，捧著書夜讀著。布萊宅子裡有個房間，裡頭放滿了古書，包括一批前個世紀的小說。這批小說其實早就乏人問津，雖然我還年輕，但依舊對書本內容感到好奇，由此可見，這些書還是有價值的。我記得我捧在手裡讀的書，是費爾丁的《雅美麗雅》①。當時我整個人非常清醒，印象中，我心知時間已晚，不敢看錶；我記得房裡那條白色窗簾，是當時流行的樣式；我也記得芙蘿拉的小床，那孩子就躺在這張床上，我確認過了，她確實睡得相當安穩。總之，我讀著那本魅力十足的書，覺得津津有味，但我記得自己翻過某一頁時，卻把頭抬了起來，直盯著房門看。我張耳細聽了一會，同時回想起剛來的那晚，屋裡似乎隱約有過不明騷動。接著我發現窗子開著，透進徐徐微風，半收的百葉窗因此左搖右晃。我決定放下書本，起身抓了根蠟燭，走出房間，並在微弱燭光映照之下，悄悄關上房門，最後上鎖。我當時意志之堅定，凡是有幸目睹的人，大概都得讚嘆一番。

①《雅美麗雅》（*Amelia*）一書的作者為亨利．費爾丁（Henry Fielding），故事敘述一對新婚夫婦歷經磨難，最終重獲平靜生活。

對於當時引領我，讓我採取行動的那股力量，我至今仍不明就裡。離開房間後，我高舉著蠟燭，順著走廊一路向前，直到經過了樓梯口，看見梯級迴彎後方高踞的大窗才停下腳步。說時遲，那時快，我立刻察覺了三件事，這三件事幾乎同時發生，前後間隔不過一瞬。先是我手上的蠟燭忽然一閃就熄滅了，接著我看見初生的晨曦，從窗戶透進屋裡，顯然蠟燭是用不上了。憑著這點光，我立刻發現有個人正站在樓梯上。那三件事，乃依此順序發生，但那當下，我卻只用了不到幾秒的工夫，就準備好和昆特見上第三次面了。那人走到了樓梯的一半，挨近窗邊，一見到我就馬上停下腳步，用之前在塔頂和花園裡的方式猛盯著我。他認識我，我也認識他；冷薄的曙光映在高窗玻璃上，也映在橡木階梯的漆上，我們此時四目相對，凝神互望。當時的他，活脫是個令人憎恨的危險人物，但這還不是最詭異的事。對我來說，最奇怪的莫過於我內心的恐懼早已消失殆盡，就算要面對他，我也全然不會退縮。

那次驚人的會面後，我心中湧起千頭萬緒，但謝天謝地，倒是沒有一絲恐懼，這點他心裡也明白，才過了一會，我就非常肯定他知道了。那時，我的信心無比堅定，相信自己只要穩住陣腳，撐個一分鐘，那傢伙就會——至少暫時——消失無蹤了。在這一分鐘內，那傢伙看起來不但像活人，更讓人嚇破了膽，而這當然是因為他早就不該是活人了。可是在凌晨時分，在這棟眾人皆眠的屋子裡，撞見這傢伙，跟迎面撞見仇人或不速之客，甚至是撞見罪犯沒兩樣。我們相隔咫尺，凝視了對方好一陣子，卻又默不作聲，四周一片死寂，無疑是恐怖的極致，同時也是整起事件中最為靈異的一刻。其實，要是真碰上了殺人犯，雙方至少還是會交談幾句、出個聲音，就算不出聲，也會挪挪腳步。那一分鐘，漫長到我心生疑惑，懷疑自己已經不是活人了。後來的情形，我沒辦法解釋明白，我能說的是，那刻的沉默確實考驗著我的能耐，也成了那人最後的去向；他的確轉身了，我全看在眼裡，這賤人生前聽聞主人呼喚，轉身離開的模樣，想必也是如此。我盯著那邪惡的背影，心想這身形之畸怪，連駝子都望塵莫及，同時又見他步向下一個梯迴，最後沒入了黑暗之中。

10

我在樓梯上站了好一會兒。等到那位訪客走了，我才意識到他是真的走了。然後我回到房裡，在早已點著的燭光之中，立刻發現芙蘿拉的小床空了。看到這駭人的一幕，我簡直不能呼吸了，明明五分鐘前，我還能挺得住的。我奔到床邊，但此刻床上只剩凌亂的小絲被和床單，床鋪上方的白色窗簾，顯然被人刻意拉了出來，利用下擺遮東掩西。我方才的腳步聲，此時激起了一陣聲響，我因此鬆了口氣。在搖晃的百葉窗之後，我見到了那孩子，她正蹲下身子，從容地從百葉窗後鑽出來。芙蘿拉的天真依舊，披著一襲薄睡衣，頂著一頭亮金捲髮，還光著粉紅小腳丫，就站在我的面前，不過她的面色卻是萬分凝重，還質問起我來：「妳這頑皮鬼，跑到哪去了？」

我原本鬥志高昂（還因此興奮得很），一時間竟被重挫，這種感受還是生平頭一遭。我非但沒說她不守規矩，反而像個受審犯人一樣，為自己辯解起來。至於這孩子，則一派熱切純真，以輕描淡寫的口吻解釋自己的行徑。她說她睡到一半，突然發現我不在房裡，於是跳下床想看看我跑哪去了。其實，我一看到她的人，心裡便一陣歡喜，整個人跌坐在椅子上，頭還突然暈了一下。芙蘿拉光著腳，啪嗒啪嗒跑到我身前，坐上我的腿，要我抱她；在燭光之中，我看著她嬌嫩的臉龐紅通通的，依舊透著朦朧睡意。我還記得，她的藍眼珠燦燦閃耀，散發著無盡的美，我只好閉上雙眼，對她萬般順從。「妳為什麼跑到窗戶旁邊去？」我問，「妳以為我在院子散步嗎？」

「嗯，對，我覺得好像有人在那裡。」她毫無懼色，笑著回答我。

我目不轉睛，直盯著她，「那妳看到誰了？」

「誰？沒有！」她回答的話裡帶著怒意。這種不明所以的反應，完全是小孩的專屬特色，不過她把「沒有」二字拖得長長的，聽來倒有些甜美。

當時的我全身寒毛直豎，只覺得她在說謊，腦中浮出了三、四種可能的解釋，弄得我頭暈目眩，如果我又閉了一次眼睛的話，大概就是這個時候了。為了克制這些念頭，我一時情不自禁，突然伸出顫抖的雙臂用力抱住了那孩子，而神奇的是，她既沒喊叫也毫無懼色，只是乖乖讓我抱著。其實，我何不趁這時把話說開，把前因後果弄明白？我可以看著她小巧玲瓏的臉，對她說：「妳啊，明明看到了，妳也知道自己看到了，而且妳應該也覺得我知道了。既然這樣，何不從實招來？我們的遭遇雖然特別，但我們兩個至少能合力面對，搞清楚自己的處境，想想接下來會怎樣，這樣不好嗎？」唉，可惜，這念頭才冒出來，卻又消散了，要是我一開始就照做，或許問題就解決了。什麼樣的問題？看下去就知道了。總之，我沒有順勢行動，而是馬上站起身子，向她的小床望去，並問了個折衷的問題：「妳故意把窗簾拉這麼外面，讓我以為妳在睡覺，為什麼要這樣？」

芙蘿拉思索著，一會之後，她露出聖潔的笑靨對我說：「因為，我不想要嚇到妳！」

「可是，妳不是以為我人不在房間嗎？」

顯然，她不但不想為此困惑，目光還朝燭火飄了過去，彷彿聽見了無關緊要的問題，甚至像讀到馬賽特夫人教材①、九九乘法表那樣，胸中毫無熱情可言。「可是老師，」她中規中矩回答，「妳知道妳會回來，而且妳也真的回來了！」一會，她便上床去睡了。我為了捏著她的小手，便坐在她身邊好一陣子，藉機證明我回來得正是時候。

自此以後，我每晚的心理狀態如何，應該是不難想像了。我經常難以成眠，只好起身坐著，坐到連時間感都沒了；有時，我會趁芙蘿拉睡沉了，一個人躡手躡腳偷偷離開房間，到走廊上徘徊流連，甚至還走到前次撞見昆特之處，但我再也沒在那裡遇過他了，說得乾脆一點，我再也沒在屋子裡看見過他了。不過，我本來能在樓梯上目睹另一樁奇事，我卻錯過

①英國人，原名珍・馬賽特（Jane Marcet, 1769–1858）為知名兒童科普書籍作者。

了。那時，我從樓梯頂向下望，立刻發現，在梯底那幾階上，有個女人正坐在那裡。她蜷身背對著我，雙手抱頭，一副悲傷難過的樣子。然而，才過不到一會，她連轉頭看一下我都沒有，就消失無蹤了。我見了這一幕，心裡便明白，她那張臉肯定恐怖至極；同時，我也暗自揣想，要是我人不在樓梯頂，而是在底部的話，我能否像上回遇見昆特時，充滿迎上前去的勇氣？其實，需要勇氣的時候多著呢！

遇上昆特後的第十一天晚上——是的，我替每一晚編號了——我又被嚇了一次，這次的恐怖程度，和撞見那傢伙不相上下，而且又因為出乎意料，可說是最讓我膽顫心驚的一次。那陣子，由於連日守夜，我整個人疲憊不堪，度過了平靜無事的幾天，於是那晚我心想，是時候稍稍放鬆，把上床時間調回原狀了，所以我倒頭睡了一陣，才又爬起來守夜，而我事後發現，原來我醒的時候是凌晨一點。我一睡醒，整個人便坐得直挺挺的，睡意全無，彷彿被人用手搖醒一樣。睡前，我留了一支蠟燭沒滅，但我醒來時，那支蠟燭卻早滅了。我立刻心想，蠟燭鐵定是芙蘿拉弄熄的，就翻身下床，摸黑走到她的床前，這才發現她人根本不在床上。我瞥向窗子，心裡有了個底，接著又點了一根火柴，這時事情便清清楚楚了。

那孩子又爬起來了。這次，她先是把蠟燭吹熄，接著像之前那樣，全身鑽到百葉窗後方，望著窗外的夜空，不是為了觀察動靜，就是要回應某個東西。之前那次，我很確定她什麼都沒看到；但這次，我卻發現她看到了，因為不管是我點了蠟燭，還是匆匆穿了拖鞋、披了外衣，她都不為所動。她整個人躲在那，全身給百葉窗罩著，全神貫注地趴在窗台上，順著向外敞開的窗戶，她正好能把身子伸出窗外。這還不夠，連天上的明月都幫著她。我立刻下了結論，認定她不僅見到了先前的湖畔幽魂，甚至已經能與之溝通了。我想，我得走出房門，在走廊上找扇面對同樣方向的窗，還不能驚動她。於是我躡手躡腳來到門邊，確定她沒發現，接著踏出門外，把門關上，再從外頭向內細聽，看她會不會發出什麼聲音。忽然間，我瞥見了哥哥的房間，那扇房門與我僅隔十步之遙。這時，我全身又是一陣悸動，這和先前提過的那股衝動，確實是同一回事。我心想，如果走進哥哥的房間，從裡頭的窗戶看出去，不知道會怎樣？如果這孩子起了疑心，問起我的目的，我又不小心露出馬腳，那麼那些尚未明朗的真相，是否將因我輕舉妄動而無法撥雲見日？

想著想著，我還是跨了一腳進去，接著杵在門口，一面偷聽裡頭的動靜，一面揣測各種可能。我在想，哥哥是不是也跑下了床，暗自守在窗邊呢？我細聽了一會，過了深沉靜寂的一分鐘，我的衝動消失了。他好安靜，或許他是無辜的，這樣做風險太大了。最後我還是離開了。庭院裡有個訪客，這人別有用心，還和芙蘿拉打著交道，但是這人和我心愛的哥哥沒關係。我又遲疑了，但這次原因不同，而且才過了幾秒鐘，我就拿定主意了。布萊宅子有的是空房間，但最重要的，是要挑到最適合的那一間。這時，我靈光一閃，想到了樓下有間房，位於我提過的古塔一角，應該是最適合的了。

這間房雖然在樓下，但高度夠，可以俯視庭院，裡頭的空間相當寬闊，格局方正，佈置得像一間臥室，可惜大而無當，所以好幾年沒人用了。不過多虧有葛羅思太太整頓，房裡依舊井井有條。其實，這房間總讓我嚮往，裡頭的擺設我也一清二楚。我來到門口，突然感受到塵封後的寥落，心頭一陣膽寒；接著我踏入房門，走到其中一扇窗前，悄悄拔開窗板上的栓，讓窗玻璃露出來，好讓我把臉湊近窗框，向外頭望去。當時，外頭比房內還亮一些，我看了一下，方向沒錯。然後，我看到了別的畫面。明月當空，黑夜一望而透，我發現有個人站在草地上，由於距離很遠，身影略顯矮小。這人杵在那裡一動也不動，好像被什麼迷住了，正朝我的方向瞧來，不過不像是在看我，反倒是看著樓上的位置。沒錯，樓上也有人，塔頂上也有個人。但出乎意料的是，草地上那個人並不是我一心想見的那個人。我一認出那人，便覺渾身不對勁，因為站在草地上的，正是那可憐的孩子，可憐的邁爾斯。

11

隔天稍晚，我才把這件事告訴葛羅思太太。為了盯緊學生的舉動，我常常抽不了身，無法與她私下碰面，但我們心裡也明白，不應暗自恐慌，不該談論怪力亂神，省得讓傭人和孩子疑心，如此一來，我們又更不可能私會了。她八面玲瓏的手腕，讓我備感安心，對於我曾透露的可怕祕辛，旁人完全不可能在她臉上看出一點端倪。我很清楚，她確實信了我的話，要是她不信，我真不知道自己能不能撐下去，這件事太沉重，我沒辦法一個人扛。缺乏想像力的人最有福，她正是最佳典範，她只看得見孩子美麗善良、幸福聰明的一面，根本看不見我痛苦的來由。而且，一旦孩子變得面容憔悴，萎靡不振，她鐵定會亦步亦趨，陪著他們凋零下去。不過，每當她伸出雪白的粗壯胳膊，把孩子攬在懷裡，並投以安詳的目光，我猜她應該常在心裡感謝上帝，認為即使孩子已經崩壞到只剩碎片也是良善的，真是上帝賜的恩惠。她心頭縱使有幻想，沒過多久，也會轉為爐邊溫順的火光。我更發現，過了幾個寧靜無事的日子，她的想法就慢慢改變了，她相信孩子會好好照顧自己的，同時，她更抛出了情緒重擔，全讓孩子的老師承受。這麼說吧：我原先能克盡本分，不讓自己的神色洩漏半點祕密，但她要是那樣想，我反倒得留心她的態度，因此我的負擔就加重了。

由於我三催四請，她終於和我碰上了面，就是我現在要說的，這一個小時內發生的事。夏日之末，午後陽光溫煦宜人，我倆一同端坐陽台，孩子離我們有段距離，但不至過遠，尚聽得到我們的呼喚。兄妹倆一臉柔順乖巧，肩並肩散著步，一下從我們面前走過，一下走到草地上頭。哥哥邊走，邊講起某本故事書的內容，還伸手攬著妹妹，好讓兩人靠得更近。葛羅思太太平靜地看著他們，心頭尚無雜念；而她轉過身來，聽我敘述事情的另一面，我發現她其實百般不願，只是選擇耐著性子罷了。

我把她當成垃圾桶，對她傾訴痛苦的遭遇，描述得栩栩如生。但說也奇怪，她除了有耐心之外，好像還覺得我成就不凡，位高權重，不管我說什麼，她都照單全收，要是我打算煉鍋女巫藥湯，希望她幫忙，我想她也會遞上一只乾淨大鍋的。她就這樣一直聽著我吐苦水。我向她敘述了前晚的驚悚時刻：當時的邁爾斯正站在他現在的位置，那時我人在窗邊，一心不想勞師動眾，於是決定親自下樓接他。另外，我走到他身邊時，他對我說的話，我也向葛羅思太太提了。其實，我帶邁爾斯進屋之後，還質問了他幾句，但他反應之敏捷，卻讓我好生佩服，只是這感覺難以言喻。我一說到這裡，葛羅思太太再有同理心，也免不了心生疑惑。前一晚，我步上了灑滿月光的陽台，邁爾斯便朝我直直走了過來。我一語不發，牽起了他的手，帶他穿過黑暗，爬上昆特待過的樓梯（昆特在上頭尋尋覓覓，想找邁爾斯），再走過長廊（那條讓我如履薄冰，細聽動靜的長廊），最後來到他的臥室裡。

一路上，我倆沒講過一句話。這讓我不禁納悶，非常納悶，他是不是正用可怕的小腦袋編故事，讓故事聽來既合理，又不過份驚悚，若真是如此，他勢必要挖空心思才行。這回他是真的吃癟了，勝利感在我心中油然而生，更讓我莫名高興起來。這陷阱對他這條漏網之魚而言確實夠致命。從現在起，他不再是那個天真無邪的孩子，就算想裝也裝不了了。好了，這下就看他怎麼脫身。我才激動了一會，卻又頓時愣了，該死，那我呢？我自己又該怎麼脫身？要是向他坦露我內心的疑懼，後果肯定不堪設想。

總之我們走進了他的臥室，看見當晚沒人睡過的床，以及透進窗戶、灑了一地的月光，當時月光將房裡照得一清二楚，完全不必點蠟燭。我還記得，我登時勇氣全失，整個人跌坐床沿，心裡只繞著一個念頭：就像其他人說的，邁爾斯「剋住」我了，而且他自己一定心知肚明。自古以來，如果孩子受怪力亂神支配，照顧他們的大人便有罪；我要是不試著挑戰這項傳統，邁爾斯便會機關算盡、為所欲為。動彈不得的我，確實被他「剋住」了，哪天我要是漏了口風，激起漣漪，讓師生情誼染上了靈異色彩，這時誰又能替我伸冤、賜我生路，讓我免於絞刑之苦呢？不行，不行，和葛羅思太太說這個沒用，這就跟我說「因為那次黑夜交鋒，我不得不佩服邁爾斯」一樣，都是徒勞。我一面靠坐在床上，一面伸出雙手，溫柔地按住他的肩頭，要他從實招來，當然我能多仁慈就多仁慈，這是我最溫柔的一次了。當時除了明講，我已經別無選擇了。

「快說，你一定要說實話。你為什麼要出門？你在外面做什麼？」

在黑夜裡，他燦笑了起來，那對雪亮雙眸及那口編貝皓齒，確實讓我永難忘懷。「我如果說了，妳會原諒我嗎？」我一聽，心都快跳出來了。他真的會說嗎？我想出言逼問，卻發現自己啞然失聲，當下只能點頭如搗蒜，給出模稜兩可的回應。他站在我面前，活脫脫是溫柔的化身，在我不住點頭的同時，他簡直就成了童話故事裡的小王子。他的溫柔讓我得以稍稍喘口氣。他打算說實話了嗎？事情真的這麼順利？「其實，」他終於開口了，「我就是要妳這樣想。」

「怎樣想？」

「覺得我變壞了，是個壞小孩！」他甜美的語氣，興高采烈的模樣，真讓我刻骨銘心。他湊過來親了我一下，這畫面更是讓我永難忘懷。到此為止了，我接受了他的吻，將他擁入懷中，那一刻，我費了好大一番工夫，才讓自己不要哭出來。聽到這樣的理由，我怎樣都無法追究下去，於是為了證明我接受了他的答案，我只能看看四周，並對他說：「你連衣服都沒換？」

他在暗室中熠熠生輝。「沒有，我爬起來看書。」

「你什麼時候下樓的？」

「半夜。我只要想變壞，就會變得很壞！」

「好，好，我知道了，你的話很有趣。可是，你怎麼知道我會發現？」

「我和芙蘿拉串通好了，」他簡直信心滿滿，「她負責爬起來看窗外。」

「她是做了這些事沒錯。」看來，中招的是我！

「所以，妳就被她吸引了，想知道她在看什麼，等妳也向窗外看，妳就會看到了。」

「不過你呢，」我附和道，「卻跑去外面吹冷風，不生病才怪。」

他給自己找了個台階下。「我這樣還不夠壞嗎？」他一派輕鬆地解了圍，一臉光彩煥發。於是，我們相擁了一下，這事就落幕了。聽了這番自我解嘲，我才發現，他的機智確實不凡。

12

我之前提過，到了隔天早上，葛羅思太太聽了我的描述，頗覺不以為然。此外，我甚至提了邁爾斯和我分開前的那句話：「就是那七、八個字，他用來幫自己解圍，『老師，我有多大能耐？』他這樣說，是想證明自己有多乖。自己『能耐』多大，這孩子可是心知肚明。學校裡的人肯定見識過了。」不過，她仍無動於衷。

「我的天，您真的變了！」我的朋友叫著。

「我沒變，只是全搞清楚了。那四個人肯定常常見面。這幾天，妳要是陪過哥哥或妹妹一晚，就會知道了。我觀察愈久就愈這麼覺得，就算沒辦法一舉揭發真相，光看他們倆計畫好輪流保密，就是最好的證明了。他們從來不談他們的老朋友，就跟邁爾斯不談退學的事一樣，隻字不提。我們坐在這裡看他們，他們也盡情演戲，讓我們看個過癮。他們看似對童話故事著迷，其實，他們也把那些鬼魂看在眼裡。哥哥根本沒在念故事，他是在和妹妹討論那兩隻鬼魂，他們說的都是鬼故事！我知道，妳可能覺得我瘋了，但我沒瘋，真的很神奇。妳要是經歷過這些事，肯定會發瘋，可是我沒有，我還變得更清醒，挖出更多內幕了。」

我頭腦清醒的時候，樣子想必很可怕。不過孩子雖然被我逼視著，但他們在我們面前走過來、走過去，那模樣卻依舊溫柔甜美，這個理由足以讓葛羅思太太堅持己見了。她目不轉睛，眼神始終停在孩子身上，即便我多麼激動，她都無動於衷，她的信念果真堅定。「您挖出了什麼內幕？」

「哪些？就是之前我覺得新奇有趣，可是過了不久，我開始覺得很玄、很煩人的那些。兩個孩子太美、太善良，太超凡脫俗了。」我繼續說，「這是場遊戲，是精心設計的騙局！」

「是親愛的孩子設計的？」

「用他們天真可愛的腦袋設計的嗎？就是這樣，妳說瘋不瘋狂！」把話說出口，確實有助於梳理思緒，也有助於抓出事件背後的脈絡。「他們從來沒乖過，只是不想搭理我們罷了。照顧他們之所以輕鬆，是因為他們都活在自己的世界裡。他們的心裡沒有我，更沒有我們，他們想的，只有那個男的和那個女的而已！」

「您是說，昆特和那個女的？」

「沒錯，就是昆特和那個女的。孩子想去找他們。」

可憐的葛羅思太太，她一聽到這裡，便端詳起兄妹倆了。「找他們幹什麼？」

「為了接觸邪魔歪道。那兩個人當年早就帶壞孩子了。他們之所以現身，都是為了助長邪念，讓孩子繼續作惡下去。」

「天哪！」我朋友輕呼了一聲，她是真的驚訝。不過，這倒證明了過去真的發生過某些事，而且情況比現在更糟。她曾經歷這段過去，現在又附和了我的意見，我對那一雙齷齪男女的不齒，總算獲得了有力背書。不到一會，葛羅思太太便想起了一些事，脫口說出：「兩個壞東西！可是，他們現在能弄出什麼名堂來？」

「哪些名堂？」我大聲附和著她。在稍遠處散著步的兄妹倆，一聽見我的聲音，便停下腳步看了過來。「他們的名堂早就數不清了，不是嗎？」我壓低嗓音問。於此同時，兄妹倆只對我們微笑點頭，送了幾個飛吻過來，就繼續散步去了。由於他們的舉動，我們足足分神了一分鐘，接著我才補上一句：「那對男女會毀了孩子！」我的夥伴一聽，總算轉過頭來，她顯然不甚認同，但除了發出無聲的暗示，一句話都沒說。我一看如此，只得把話說得更明白：「那兩個人，現在還抓不到方法，但卻很拼命，不斷試東試西，不是在奇怪的地點出沒，就是在高處現身，譬如塔頂、屋頂、窗外，或是湖的另一頭等等。可是，不管是他們還是孩子，顯然知道如何消除障礙，好拉近彼此的距離。那兩個人遲早會成功，只要放出危險誘惑來吸引人，這樣就夠了。」

「吸引孩子嗎？」

「把他們吸進死亡陷阱裡！」這時，葛羅思太太緩緩起身，為慎重起見，我補上一句：「當然，只要我們有辦法阻止，這件事就不會發生了！」

我人還是坐著，而站在我面前的她，顯然若有所思。「要阻止，就得找他們的叔叔。得讓他把孩子帶走才行。」

「誰去跟他們的叔叔說？」

她本來望著遠方，現在卻朝我這看來，還是一臉呆滯。「老師，就是您了。」

「我要寫信給他，說房子鬧鬼，他的姪子姪女都瘋了？」

「可是老師，要是孩子真的瘋了呢？」

「妳是不是想說，要是我也瘋了該怎麼辦？這個消息，如果是一個他信得過，而且又不能煩他的人發的，那還真是個好消息呢。」

葛羅思太太思索了起來，眼光同時轉回孩子身上。「是啊，老闆不喜歡被別人打擾。這就是為什麼……」

「那兩個敗類能騙他騙這麼久，是嗎？是沒錯，以老闆這種態度，也是他自找的。不過，我既然不是敗類，更不能騙他。」

這時，葛羅思太太又坐了下來。她抓著我的手臂，信心十足地說：

「至少也叫他來看看您。」

我傻眼了。「來看我？」我突然有點害怕，她想做什麼？「叫他來看我？」

「他應該要親自來一趟，來幫點忙。」

我一聽，倏地起身。我那時的臉色想必是空前難看。「所以妳是覺得，我想叫老闆跑一趟？」不對，她都看著我了，不可能這樣覺得。她應該是憑藉女人之間的默契，看穿了我的心思，知道我擔心老闆會冷嘲熱諷、嬉皮笑臉，恥笑我不但無法獨力扛責，還故意設局，好讓他注意到我乏人問津的魅力。她根本不知道，也沒人知道，對我來說，能幫老闆做事，還能信守當初的承諾，是多麼光榮的事，因此我警告她：「妳如果真的昏了頭，去叫老闆來看我的話……」這話有多重，我想她總該感覺得出來。

她確實嚇傻了。「老師，怎麼了呢？」

「那我就立刻辭職，不管你們了。」

13

和孩子相處不難，但要是談起話來，我卻覺得力有未逮，尤其我們共處一室時，和他們對話更是難如登天。這情形持續了月餘，期間問題不但日趨嚴重，最棘手的莫過於學生越發敏銳，逐漸看穿了我的心思。到現在，我依舊不改當年的堅定立場，相信自己從未胡思亂想，更未走火入魔，孩子確實知道我很掙扎，這是有憑有據的。於是，有好長一段時間，我們之間的關係都很微妙，但這話的意思，並不是他們說話拐彎抹角，也不是他們舉動粗魯，其實就算這些問題真的存在，也不構成威脅。我想說的，反倒是某些難以捉摸、無以名狀的事物，在我們之間不斷醞釀，不暗中做點手腳，是無法迴避這些話題的。

這種感覺就像是不斷碰上障礙物，不斷從原本以為的死巷轉出來，不斷關上我們大剌剌開啟的門，還隱隱發出「砰」的一聲。每次我們聽見這聲響，總是免不了面面相覷，因為這類聲響都差不多，永遠比預期的還大聲。所謂條條大路通羅馬，我們常常發現，好像不管上什麼科目、談什麼話題，都會碰到那項禁忌，而所謂的禁忌，就是談論關於亡靈現身的議題，特別是針對亡友的生前點滴，孩子還記得多少這個問題。有好一段時間，我發誓，其中一個孩子會偷戳對方，接著說：「她都以為自己這次會做，但根本不會！」所謂「她會做的事」，包括了提及前任老師的名字。

此外，對於我的生平，孩子總是興味盎然，為了滿足他們，我也不厭其煩地講了又講。他們對我的生平經歷，還真是瞭若指掌，不管是我的小小奇遇，還是我的兄弟姐妹、家中貓狗的故事，乃至於我父親的各種怪癖，甚至是我家屋裡的擺設，以及村裡老婆婆的聊天內容，他們都一清二楚。這些素材夠豐富了，只要講得夠快，又能憑直覺連續換話題，就能毫無冷場地聊下去。他們有種特殊能力，不但能喚起我的記憶，更能激發我的創意。每當我回顧往事，總要懷疑他們偷偷監視我，而最能激起這番疑心的，莫過於他們這種特殊能力了。只要聊起「我」的人生、「我」的過去、「我」的朋友，我們就能暢所欲言，有時候他們還會刻意岔題，要我講些不相干的事。於是，我經常因此離題，有時會複述無知的古狄先生說過什麼名言①，有時證明某牧師養的小馬很聰明，便得重提以前提過的細節。

經歷了這些，再加上其他遭遇，我的不安更形巨大。但是在那段時間內，我沒再碰上任何怪事，應該是讓我的神經鎮靜了不少。想起第二晚時，站在樓梯頂的我，不經意看見某個女人坐在樓梯底，但自此以後，不管在屋內還是屋外，我都沒看到什麼怪東西，雖說這種東西，還是少見為妙。其實，很多次經過轉角，我都希望能撞見昆特；我還經歷過許多驚悚時刻，當時我甚至期待遇上潔索小姐。

---

①古狄先生（Goody Gosling）是虛構人物，作者並未明說所指何人，但從此人的名字可看出一點嘲諷意味。gosling帶有年少無知的意思，但若是無知之人，又怎麼會說出什麼至理名言呢？作者藉此名字暗喻老師在課堂上聊這些事情，是多麼無謂瑣碎。

夏去秋來，布萊吹起了颯颯金風，陽光也被吹走了一半。天空灰了，花兒凋了，滿目蕭條，落葉一地，此時的布萊如同散戲後的劇院，遍地盡是揉爛的節目單。那時的秋日氣息、萬籟聚散，以及某種難以訴諸言語、似是萬物皆備於我的感受，常常縈繞不去，有時我會因此想起撞見昆特的時刻，好比六月向晚，我在屋外頭一次碰上他那次，或像是在窗邊見到他那次，我還跑到灌木叢間尋人，最後無功而返那次。徵兆也好、畫面也好、情境也好，我都記得牢牢的，只是我依舊一無所獲，但也未受污染。對一位年輕女子而言，如果只是心眼變多，應該算不上被污染吧。

先前，我和葛羅思太太談起芙蘿拉，提及了湖畔怪事。我說希望保有看見鬼魂的能力，要是失去了，我會非常傷心，而她聽了卻只是困惑。我的想法很清楚，我說目前證據不足，無法確定孩子是否看見了，但無論如何，我願意保護他們，什麼畫面都好，儘管衝著我來，我早已做好萬全準備，等著迎接最壞的狀況。所以我很擔心，萬一自己的雙眼被蒙蔽，但孩子卻看得清清楚楚，該怎麼辦才好。其實回顧當年，我顯然被蒙蔽了，不過我如果不為此感謝上帝，似乎又褻瀆了祂。唉，我有我的難處啊，要不是我堅信學生一定藏了祕密，我肯定會用盡全心全意，好好謝祂的。

對於當年的固執舉動，現在的我，該用什麼方式來回顧呢？我和孩子在一起時，我發誓，偶爾會有客人上門拜訪兄妹倆，還成了座上賓，不過這些人雖當著我的面來訪，我卻看不見這些人。我本想採取行動，但若非有所顧忌，擔心後果比什麼都不做還糟，我肯定會因為見獵心喜而大喊：「他們出現了，他們出現了！你們兩個小鬼頭，現在賴不掉了吧！」不過，這兩個小鬼頭卻變得更溫柔、更乖巧，到最後還是成功賴掉了。他們城府雖深，但我依舊看得透，他們的計謀正如一尾光芒耀眼的魚，已經從水面下探出頭了。其實，我最受打擊的一次，要算是那星星滿天的夜晚了。

那晚，我是想尋找昆特和潔索小姐，卻看見了我悉心照料的哥哥，而最駭人的一刻，莫過於哥哥抬起頭來，看了我一眼，但那雙看似可愛的眼神，卻像極了昆特在塔頂上的目光。就嚇人程度而言，那次發現之驚悚，可說是前所未見，而我更是在驚嚇狀態下，把思緒梳理清楚的。那段時間裡頭，我常為這些思緒所苦，有時候我會關在房裡喃喃自語，把先前經歷的事細數出聲；剛開始，安慰效果倒是意外地好，但沒過多久，我又消沉下去了。我還會在房裡踱來踱去，口中依舊念念有詞，可是我每次一指名道姓，就會顫不成聲，這些名字還沒出口，就在唇上消散了。

我常心想，要是我指名道姓的做法，和任一條教室守則有所牴觸，那這些人的形象就毀了。每當我對自己說：「他們都很識相，懂得閉上嘴巴，但妳明明受人之託，卻好意思說嘴！」我便自覺羞愧，連忙以手遮掩羞紅的臉。暗地裡抒發久了，我說得更加起勁，每次開口便不能自拔，直到一股神祕的沉默席捲而來，我才罷口。這種感覺，實在找不到別的字來形容，真要換個說法，大概就是一股奇妙的暈眩感，或是全身潛進了寂靜裡，惟見萬物盡歇。這股沉默，和旁人發出的嘈雜聲響、我口中輕快愉悅的呢喃、外頭叮噹作響的琴聲，分處於不同的世界。那兩位不速之客，總在這時出現，雖然這絕非法國人所謂的「天使降臨」，他們卻以為自己捎來了好消息，帶給稚嫩的孩子。不過，他們傳遞的恐怕是邪詞惡念，只會荼毒孩子，一想到這裡，我就膽顫心驚了起來。

❁

過去種種難以想像的慘事，而今紛紛顯露了端倪，我常想，雖然我看到了不少徵兆，但兄妹倆看見的恐怕比我還要多，麻煩的是，我怎樣都趕不走這可怕的念頭。只要徵兆出現，尷尬便迎面而來，但我們總會大聲嚷嚷，極力否認自己有多尷尬。這樣的情況發生多了，久而久之，我們反倒訓練有素了，一再使出同樣招式應對，直到徵兆消失為止。

每到這種時候，孩子會出其不意吻著我，而且，不管是哥哥還是妹妹，必定會問：「他什麼時候才會來？我們是不是應該寫信給他？」讓我們得以掩飾難堪。經驗一多，大家心裡也明白，想要化解尷尬場面，討論這個問題是最有效的。問題裡提到的「他」，指的當然是兄妹倆住在哈里街的叔叔，而我們總是深信，他隨時都會動身下鄉，加入我們這個三人小組。他對這個信念，從來沒透露半點支持意願，但我們要是不這樣相信，很多有助於掩飾難堪的精彩好戲，可能就演不下去了。他從沒給孩子寫過信，乍看之下這行為挺自私的，但換個角度看，這何嘗不是因為他信得過我，才不聞不問呢？一般來說，只要女人能讓男人過得舒適，男人就會心滿意足，給對方致上最高敬意，所以我自認信守了承諾，一次也沒叨擾過他，連學生寫信時，我也對他們明說，要你們寫信不為別的，只是為了練習寫作。那些信也實在可愛，我捨不得寄出去，全留了下來，到今天都還收著。

不過，既然我們相信他隨時會來，我藏信的舉動確實有點自相矛盾的味道，對此，我著實尷尬萬分，但小朋友似乎能體會我的處境。我想起這段往事的時候才發現，以我當時的焦慮，加上孩子的得意嘴臉，我居然從未對他們失去耐性，真是難能可貴。我想那段時間內，我之所以沒恨過他們，大概是因為他們真的討喜吧！要是慰藉來得太晚，我胸中的憤懣會不會就此溢了出來呢？但這不重要，因為慰藉來得正是時候。那種感覺雖然像是繃緊的線應聲斷裂，或像是悶熱天裡驟臨的狂風暴雨，但對我而言，依舊堪稱慰藉。無論如何，至少情勢改變了，而且說變就變。

14

某個週日清早，我們一行人動身前往教堂。一路上，邁爾斯跟在我身邊，芙蘿拉則依著葛羅思太太，走在我倆前頭。當日，天氣難得晴朗，道路旁猶見前晚結起的霜，為秋日的乾爽添上一絲凜冽，耳畔的教堂鐘聲也讓人愉悅了起來。

說也奇怪，我這時偏偏心血來潮，由衷感激孩子願意乖乖聽話。我明明成天盯著他們，他們為何從不反感？一時之間我才發現，哥哥簡直像是被我別在披肩上，而另外兩個人，也像是被我從後方押著，以防她們作亂一樣。我看起來像個獄卒，盡力防堵任何意外，不讓犯人脫逃。然而，他們的模樣，他們那柔順屈服的模樣，也只是諸多怪事中冰山一角而已。邁爾斯他叔叔的裁縫師，替邁爾斯設計了件西裝背心，好讓孩子週日穿出門。哥哥一身華服，散發著高貴氣息，更突顯了他獨立自主的地位，以及身為男性的尊嚴，要是他突然聲請重獲自由，我也不會有異議。我心裡正納悶著，如果他真的革命了，我該如何應對才好？此時他真的開口了，而我稱之為革命，內心想著這戲碼的最後一幕恐怕是開演了，悲劇也即將發生了：「親愛的，快，聽我說一下，」他的聲音很甜美，「到底什麼時候，我才能回學校上課？」

我把他的話謄了出來，乍看之下，真是半點惡意也沒有。他的語氣甜美而高亢，滿是從容，不管面對誰，尤其是面對他黏人的老師，只要一開口說話，就像是拋出朵朵玫瑰花。他拋出的話語總有令人著迷之處，當時我也被深深迷住了，彷彿公園裡有棵樹倒了，橫在路上，讓我不得不停下腳步。

我和哥哥的關係，至此有了新的變化，他也知道我察覺到了，就算他繼續維持天真可愛的模樣，不予以削弱半分，我也足以察覺變化。給他這麼一問，我著實無言以對，我同時發現，他明白自己佔了上風。我遲遲給不出答覆，而他也好整以暇，帶著一抹意味深長的笑容，繼續說：「親愛的，妳知道，要讓一個男人和一個女人永遠在一起……」他對我說話時，總把「親愛的」掛在嘴邊，語氣之親切，正是我希望在學生身上感受到的。確實，這三個字既順口，又不失禮貌。

但是，我總該說點話了吧？我還記得，當時我為了爭取時間，刻意笑了一會，在他眼裡，我的臉肯定相當怪奇。接著，我回答：「是和同一個女人在一起嗎？」

他不但沒臉紅，眼睛連眨都沒眨，顯然我們已經把話說開了。「噢，當然，她很完美，是個好女人。可是我畢竟是個男人，妳難道不曉得嗎？身為男人，我是不能原地踏步的。」

我們佇足了一會，接著，我溫柔對他說：「你說的對，你不能原地踏步。」天哪，我簡直無計可施了！

他看出了我的困窘，還藉機戲弄我一番：「那麼，妳就沒辦法說我不乖了，對吧？」這心痛的感覺，我到今天都還記著。

我伸手搭他的肩。「對，邁爾斯，我沒辦法。」繼續往前走明明比較好，但我就是走不了。

「除了那天晚上，對吧？」

「哪天晚上？」他直盯著我，我卻不敢盯回去。

「我跑下樓，跑到戶外那次。」

「你是說那天啊，可是我忘記你為什麼跑出去了。」

「妳忘了？」他用孩子的方式，甜甜地責怪著我，「我是想讓妳知道，我有辦法溜出去！」

「沒錯，你的確辦得到。」

「我還可以再來一次。」

我想，要維持頭腦清醒不算太難。「是沒錯，但你不會這樣做。」

「我不會再做這件事了，很無趣。」

「很無趣，」我說，「我們該走了。」

我們又繼續往前走，這時他一把挽住我的手臂。「所以，我什麼時候可以回學校？」

我想了想，決定慎重以對。「你在學校開心嗎？」

他思索了一會。「不管在哪裡，我都很開心！」

「這樣啊，」我的聲音在抖，「既然你在家裡也很開心……」

「可是這樣不夠！妳是懂很多沒錯……」

「你是想說，你懂的和我差不多嗎？」趁他打住時，我試探了一下。

「我才不想知道那麼多，一半都不到！」他據實以告，「我想知道別的事。」

「什麼事？」

「我想多了解人生。」

「原來如此，我知道了。」走著走著，人多了起來，教堂也近在眼前了。人群中，出現了幾個布萊宅裡的傭人，他們圍在教堂門口，讓我們先進去。於是，我要大家加快腳步，趕快進到室內，這樣就可以先不談那個問題了。我拼了命地想，他進去之後，總會安靜超過一小時吧。我恨不得立刻跨入黯淡的室內，坐上長椅，跪上跪墊，尋點精神慰藉。我們倆像是在打心理戰，我總覺得他不斷想迷惑我，而我們跨入教堂墓園裡的時候，我卻覺得他贏了，因為他說了一句話：「我想找像我一樣的人！」

「邁爾斯啊，像你一樣的人不多。」我笑著說，「你妹妹芙蘿拉，她可能是一個吧！」

「那個小女孩，妳覺得我和她一樣？」

我一聽，忽覺全身無力。「芙蘿拉很可愛，你難道不喜歡她嗎？」

「要是我不喜歡她，也不喜歡妳的話……要是我不喜歡她的話……」他再三重複同樣的話，很像是先退後幾步，再一口氣撲過來。不過，由於他話才說了一半，我們剛踏入墓園，他便用手臂擋住我，逼我再次停下腳步。那時葛羅思太太和芙蘿拉早進了教堂，信眾更早已魚貫而入，只剩我們還留在墓園裡，在入園小徑上與墳塚為伍，而腳旁那座長橢圓形的墓，還長得像張桌子。

「要是你不喜歡的話，然後呢？」

我等著答案的同時，他開始環視起墓園。「妳自己知道！」他動也不動，就站在原地回答我。「叔叔心裡想的，跟妳是一樣的嗎？」我一聽見他這句話，登時跌坐在腳旁的碑上，看上去就像是坐在碑上休息。

於是，我擺出正在休息的樣子。「你怎麼知道我心裡想什麼？」

「說的也是，我怎麼可能知道，誰叫妳都不告訴我。但我的意思是，他呢，他知道嗎？」

「知道什麼？」

「知道我現在做的事。」

我立刻發覺，我不管回答哥哥什麼，都會曝露老闆的負面形象，但我又馬上想到，布萊宅院裡的大家吃了太多苦頭，損一下老闆顏面並不過份。「我覺得他不太關心這些事。」

邁爾斯聽了，整個人盯著我瞧。「我們可以做一些事，這樣他不就會關心了嗎？」

「做什麼事？」

「把他從城裡叫過來。」

「那誰要把他叫過來？」

「我！」這話聽來，真是相當堅決明白。他話一說完，先是投來堅定清澈的目光，接著便自個兒走進教堂了。

15

我並沒有追上去，就這樣，這話題到此為止了。我心亂如麻，也為此裹足不前，即便明白了自己為何猶豫，依舊欲振乏力，很是無奈，我只能一個人坐在墓碑上，咀嚼著那孩子的話語，直到悟出深意來。這時我也安慰自己，因為不想遲到，給孩子和信眾作出錯誤示範，因此選擇缺席。邁爾斯的問題，逼得我得重新面對恐懼的事物，他甚至見縫插針，用這招換取個人自由。他想知道自己為何遭到退學，但這問題過於沉重，幕後真相更是暗影幢幢，真要追究起來，只會讓我心生恐懼。

到了這個關頭，他們的叔叔似乎該露個面，和我聯手處理問題才對，而按理來說，我也應該求之不得才對；可是這手段太畸形，處處帶來磨難，使我無力面對，只能一拖再拖，勉強苟活求全。面對哥哥，我打從心底不自在，他彷彿正義的化身，對我下指導棋：「妳有兩條路，一是針對校方強迫中斷學業這事，和我的監護人一同挖掘真相；二是別再做夢了，妳盼望和我一起過的生活，根本不合常理，不適合小男孩過。」只是這孩子能說出這番話，替我指點去路，也相當不合常理。

上述種種，正是將我絆住，使我無法步入教堂的理由。於是，我只好內心徬徨著，在外頭踅了又踅，我發覺在那孩子面前，我的形象早已重創，無可救藥了。但這時，若要入內擠上長椅和他並肩齊坐，似乎又太過頭了。我心裡明白，他會堅定地挽起我的手臂，要我端坐一小時，默思他先前提過的事。從他回到布萊那刻起，我就想躲開他了。

我走到高踞的窗扉下停住腳步，聆聽起室內的禮拜聲，這時一股衝動襲上心頭，其勁道之猛烈，徹徹底底征服了我，全然無須我煽風點火。要終結苦難其實不難，只要掉頭離去就好。趁現在四下無人，時機大好，只要轉過身，邁開大步，就能將一切拋諸腦後，絕不會有人來攔我。我得做的，不過就是火速回到宅子裡，好好做些準備，而且既然那麼多傭人都來了，房子想必也空了。其實，就算我揚長而去，也沒人能怪我，反正只要晚餐時間前回來，這樣不就好了？這前後不過幾小時，我甚至有強烈預感，到最後，學生又會故作天真，猜我為什麼缺席禮拜。

「調皮鬼，妳跑到哪去了？為了妳，我們著急死了，都沒心思作禮拜，知不知道？妳是不是才走到門口，就自己跑掉，不管我們了？」他們一旦問了這些問題，還露出矯情又可愛的眼神，我絕對招架不住，但就情勢研判，該來的還是會來，因此我決定一走了之。

那一刻，我就這麼走了。我跨出墓園大門，仔細循著來時路徑，離開了教堂所在地。

❁

一回到布萊宅院，我發現我遠走高飛的心意已決。寂靜的星期天，屋內、屋外一片沉默，一個人也沒有，我深覺機不可失，只要這個時候走，就不會驚動任何人，也不必多說一句話，但動作一定要快。再說，交通也是個大問題，非解決不可。我站在大廳裡，想到眼前的重重難關，不禁發起愁來。印象中，我那時雙腿突然一軟，整個人跌坐梯底，正落在最下面一階。我驀然想起，一個多月前那晚，那個邪氣逼人的黑夜裡，我就是在這裡、在這階上看見那女鬼。想到這裡，我不禁反胃了起來。不過我還是努力挺起身子，飄飄忽忽拾級而上，一路走到了教室前，準備把裡頭屬於我的東西，在離開前全拿回來。但門一開，我又看見熟悉的畫面，讓我冷不防退了幾步。

我發現，光天化日下，有個人正坐在講桌前。要是沒經歷過先前那些事，我會將那人是當成留下來看家的傭人，以為她趁四下無人之際，偷用我的墨水和紙筆，悠哉地在講桌上給愛人寫情書。她一雙手臂撐在桌上，兩手托腮，露出一副倦態。但我進門撞見她後，她卻依然故我，莫名得很。

突然間，她換了個姿勢。她站起身，似乎沒察覺到我，看起來神情漠然，卻又哀傷得無以名狀。站在十幾呎外的她，身份呼之欲出了：是她，那名邪惡的前任老師。她已然身敗名裂，淒慘無比，那襲與夜齊黑的洋裝、憔悴的美麗面容，以及難以言喻的憂傷，都映入我的眼簾。她與我相視良久，彷彿想說她跟我一樣有資格坐在講桌前。我盡力想將這一幕烙在心裡，但這可怖的畫面依舊從記憶中消逝了。

這時，我心裡冒出了一個聲音，說我才是不速之客，對此，我寒毛直豎，只想盡力駁斥，於是對她大喊：「妳這惡劣、可悲的女人！」就這樣，我的嘶吼竄出房門，奔過長廊，響遍這棟空屋，而她就像是聽見了我的吼聲一樣，依舊直盯著我。我試著甩開雜念，重整思緒，最後當我回過神來，教室已經空了。那時，房裡除了陽光，只剩下一股氛圍，我因此覺得，自己必須留下來。

16

我一心期盼，其他人回來時，會針對我的不告而別說些什麼，但是他們卻一語不發，刻意避開話題，讓我很不滿。他們的反應，不是堆起笑容，一面責怪、一面安撫我，而是連提都沒提，包括葛羅思太太在內，她同樣半句話都沒說，我還看著她古怪的神情，端詳了一陣，最後發現，她一定是被其他人利誘，只好三緘其口。不過，只要一有機會私下碰頭，我就會使出手段，要她開口說話。

茶敘時間前，機會來了：我趁著兩人共處一室，和她在管家房裡談了五分鐘。當時正值黃昏，房裡溢著甫出爐麵包的香氣，每個角落更是乾淨整潔，而端坐火爐邊的她，卻是一臉沉痛。她置身昏暗潔淨的房裡，兀自坐在直背椅上，並朝著爐火看去：她當時的身影，不僅是我看過最美的一次，也讓我永難忘懷，宛若一幅寬闊素淨的畫，就這樣深藏在記憶抽屜裡，而抽屜還上了鎖，永遠打不開。

「對，他們叫我什麼都不要說。既然他們都在場，我又不想惹他們生氣，所以就照做了。不過，您那時候到底怎麼了？」

「我只是去散個步，」我說，「然後準備回家見一個朋友。」

她一臉不可置信。「一個朋友——您的朋友？」

「是啊，我的朋友可不只一個！」我笑著說，「孩子呢？他們怎麼跟妳說的？」

「您是說，他們為什麼不提您離開的事嗎？他們是說，不要提比較好，這樣您會開心一點。您真的會比較開心嗎？」

我使了個臉色，讓她羞赧起來。「不會，我會更傷心！」沒幾下，我又補上幾句：「說我會比較開心，原因呢？他們有沒有說？」

「沒有。邁爾斯少爺只說：『我們要做會讓老師開心的事！』」

「還好他這樣說！芙蘿拉呢？她說了什麼？」

「芙蘿拉小姐人真好，她說：『沒錯，當然要！』我呢，我也是這麼說的。」

我思索了一會。「妳也一樣，人太好了，我可以想像你們說這話的樣子。但可惜，我已經和邁爾斯攤牌了。」

「攤牌？」我的夥伴瞪大眼睛，「老師，你們說了什麼？」

「什麼都說了。沒關係，反正我都想好了。告訴妳，我之所以回來，」我繼續說，「是想和潔索小姐聊一聊。」

我已經養成習慣，在開口前先拿捏葛羅思太太的反應，因此，她聽了我的話之後，不但鼓起勇氣眨眨眼，還站得直挺挺的。「聊天！您是說，潔索小姐也說話了？」

「沒錯。我回來的時候，發現她坐在教室裡。」

「她說了什麼？」她驚恐誠摯的語氣，依舊在我耳邊迴盪。

「說她受了很多苦！」

她慢慢悟出了絃外之音，話中的真相讓她瞠目結舌。「您指的是⋯⋯」她顫了顫，「地獄裡的苦嗎？」

「地獄的苦、煉獄的苦。她為了找人分擔，所以……」說到這，驚恐襲上心頭，讓我頓了一下。

「所以？」可惜，我的同伴想像力不太夠，我只好把話說完。

「她想拖芙蘿拉下去。」要不是我早有準備，葛羅思太太聽了這話，身子肯定會癱軟下去。當時，我伸手扶著她，讓她知道我早有準備。「我已經跟妳說了，沒關係了。」

「因為您想通了嗎？想通什麼事了？」

「都想通了。」

「『都想通』是什麼意思？」

「把孩子的叔叔找來。」

「天哪，老師，快去找他來！」我的朋友喊著。

「會，我會去找他來！我覺得，現在只剩這條路了。我說我和邁爾斯攤牌了，要是他還以為我不敢去找他叔叔，以為可以趁機利用我，他就會知道，自己根本大錯特錯。等著瞧，我會把事情跟他叔叔說明白，甚至得當著孩子的面，如果他叔叔責怪我，說我沒繼續處理學校的事……」

「老師，然後呢？」我的同伴催我快說。

「我就把那個可怕的理由抬出來。」

這類理由實在太多，我可憐的同事，就算她毫無頭緒，也是情有可原。「理由……哪個理由？」

「當然是學校寄來的信。」

「您要拿給老闆看？」

「當初一收到信，就應該拿給他看了。」

「不，不能這樣！」葛羅思太太堅定地說。

「我會老實跟他說，」我滔滔不絕說著，「這孩子的問題我處理不了，因為他是被退學的……」

「可是，我們還不知道原因啊！」葛羅思太太說。

「都是因為邪惡力量。不然呢？妳看，哥哥多聰明可愛，還不夠完美嗎？他笨嗎？他邋遢嗎？他壞嗎？都沒有，他根本沒有缺點。所以原因一定是那樣，一定是那樣，才會扯出這麼多問題。」我說，「總之，都怪他叔叔，誰叫他要把那種人留在這裡！」

「老闆跟他們不熟，都是我的錯！」她已經一臉慘白了。

「不會有人怪妳的。」我說。

「也不能怪孩子啊！」她激動著說。

我沉默了，和她相視半晌。「那麼，我要告訴他什麼？」

「您什麼都別說，我來說就好。」

我想了想。「妳是要寫信給他……」我突然想起她寫不了信，於是換個方式問：「妳打算怎麼告訴他？」

「我會跟總管說，他會寫信。」

「那我們之間的事，妳也會叫他寫出來嗎？」

這問題聽來諷刺，但我其實不是故意的。她一聽，整個人又失去力氣了，淚水奪眶而出。「老師，還是您來寫吧！」

「好，我晚上寫。」我回了她之後，就和她分開了。

17

到了晚上，我真的動筆了。晚間天氣驟變，強風呼嘯，芙蘿拉在房裡安睡著，我坐在她身邊，點起一盞燈，眼睛盯著白紙，耳裡聽著風吹雨打。過了一段時間，我決定起身，抓起燭台走出房門。我穿過走廊，來到邁爾斯房門前，我在那待了一分鐘，努力聆聽房內的動靜。我依舊疑心重重，猜想那孩子多半不安於室，想藉機逮他個正著。確實我也逮到了，但情形卻和想像中不同。他清脆的嗓音傳了出來：「哦，妳來了，進來啊。」在暗室裡的他，真是興高采烈！

我拿著蠟燭進門，發現他躺在床上，毫無睡意，卻又一副從容自在的樣子。「妳怎麼來了？」他的語氣相當體貼，霎時，我心裡浮現了個念頭：要是葛羅思太太在場，想確認我們真的「攤牌」了的話，大概會敗興而歸。

我手裡抓著蠟燭，站在他身邊。「你怎麼知道我在門外？」

「當然，我聽到妳的聲音了。妳以為自己沒出聲嗎？其實妳跟一隊騎兵一樣吵！」他燦笑起來。

「所以你沒在睡？」

「沒有！我躺著想事情。」

我故意放下蠟燭，擺在離我們不遠處，接著襲床緣而坐。他一臉親切，向我伸出那隻熟悉的手，我便問他：「你在想什麼？」

「親愛的，除了想妳，還能想什麼？」

「你很在乎我，我當然高興，但你這種在乎方式，還是算了吧！你還是乖乖睡覺比較好。」

「這樣嗎？說真的，我們之間發生的怪事，讓我想個不停。」

他的小手堅實有力，但很冰冷。「邁爾斯，什麼怪事？」

「還用說，當然是妳管教我的方式，外加其他事啊！」

一時間，我幾乎不能呼吸了。燭光雖弱，但足以照亮他的臉。他躺在枕頭上，向我綻著笑容。「你說其他，是指哪些事？」

「妳自己知道，妳一定知道！」

我頓時啞口無言，只能抓著他的手，和他四目相對。我突然意識到，我什麼都不說，其實等於默認了他的話，而我倆當下的關係，或許也是世界上最奇妙的事。「就算你不喜歡，」我說，「你都要回學校上課。不過，不是回原來那間，我們再找間更好的。要是你不告訴我、不說清楚，我怎麼知道你不喜歡上學？」他認真聽著我說話，乍看之下，那張清秀白皙的臉龐有如兒童醫院的病人，好像在痴痴盼望什麼，令人心生憐惜。我愈看就愈想拋下一切，化身護士或修女照顧他，助他復元。不過，以我現在的身份，我還是幫得了他的！「你知道嗎？你從來沒和我提過學校——原來那間學校的事，完完全全沒提過。」

他露出狐疑的神色，同時笑了起來，笑容甜美依舊，但是顯然是在拖時間。他在那左等右等，等人給他下指令。「沒有嗎？」

從他的語氣和眼神裡，我感受到了某些東西，心頭因此一震，泛起前所未有的痛楚。遭魔咒纏身的他，為了維持一貫的天真模樣，可謂挖空心思了。但是看他這麼做，我卻有說不出的欣慰。

「沒有，你從學校回來後都沒說。不管是老師還是同學，你全都沒和我提過，連在學校遇到的事也沒說。邁爾斯，真的都沒有，你連一點線索都沒透露過，我有多茫然，你現在知道了吧。從第一次遇到你開始，我幾乎沒聽你說過自己的事，一直到今天早上，你終於願意多說一點了。我覺得，你對現狀真的很滿意。」他的早熟不但隱而未顯，對我而言，更是受邪惡力量影響的結果。針對這點，我只敢迂迴表態，不敢明言，但神奇的是，由於我如此深信，邁爾斯即使承受內心煎熬，暗暗吁著氣，看起來仍比實際年齡大上好幾歲，變得更易親近了。這時，我不得不和他平起平坐，承認他的智識毫不遜色了。「我當時以為，你想繼續用那樣的姿態過日子。」

我發現他一聽，居然臉紅了。接著他有氣無力地搖搖頭，彷彿是大病初癒，身體還有點累。「我不想，根本不想。我想離開這裡。」

「你在布萊住膩了嗎？」

「不是，布萊很好。」

「所以是？」

「小男生想做什麼，妳應該知道才對！」

我一時覺得，自己知道的事，好像沒邁爾斯來得多，於是我暫時岔開話題。「你想去找叔叔？」

他那張可愛的臉，在枕頭上動了一下，同時露出揶揄神色。「妳不能扯開話題！」

我沉默了一會，接著我覺得換我臉紅了。「邁爾斯，我沒有要扯開話題。」

「就算妳沒這樣想，也不能這樣做。不能，妳不能這樣！」他躺在床上，用一對迷人的眼睛盯著我。「我們要叫叔叔來一趟，妳要解決所有事情。」

「如果真的解決了，」我的情緒出現了些起伏，「你要知道，你會被送到很遠的地方去。」

「這就是我的計畫，妳看不出來嗎？妳要和他說清楚，把妳瞞著他的事，全都說清楚。妳一定要告訴他很多事！」

聽著他興奮的口氣，我突然覺得這是套話的好機會。「邁爾斯，那你呢？你要告訴他多少事？他會問你一些事的！」

他想了想。「很有可能。但他會問什麼？」

「問你沒告訴我的事，這樣他才知道該怎麼處理。他不能把你送回去……」

「我才不想回去！」他立刻打岔，「我要換個地方。」

他的口氣十分平靜，令人心生敬畏，而其中的雀躍之情更令人無從苛責起。對一個小孩而言，這真是慘劇一樁，正因如此，我才會深感椎心，擔心他三個月後又是這樣裝腔作勢，只會讓自己更加顏面無光。我心裡明白，這事要是真的發生，自己怎樣都無法接受，於是我再也忍不住了。我一個勁撲向他，帶著溫柔與憐憫之心，一把將他擁入懷裡。「啊，可愛的邁爾斯，我親愛的邁爾斯……」

我倆的臉貼得很近，我想親他，他也一派柔順平和，欣然同意了。「怎麼了呢？」

「你真的沒有……沒有事想告訴我嗎？」

他稍微別過頭，向牆上望去，接著把手舉了起來看了又看，跟病童會做的動作毫無二致。「我都說過了，我早上就說了。」

看他這樣，我實在很難過！「意思是，你只是不希望我擔心你嗎？」

他轉過頭來看著我，彷彿是因為我的體恤，讓他窩心不已一樣。「我希望妳不要管我。」他的語氣從來沒這麼溫柔過。

這話裡隱隱透著莫名的自尊心，讓我鬆開了環抱的手，慢慢站起身，不過我依舊在他身邊徘徊不去。老天哪，我從來沒打算威脅他，但那當下，我卻覺得要是自己掉頭而去，就相當於棄他於不顧，更確切地說，我根本會失去他。「我已經在給你叔叔寫信了。」我說。

「太好了，快寫完啊！」

我沉默了一會。「以前發生了什麼事？」

他又抬起頭，凝視著我。「以前？哪個以前？」

「你從學校回來以前，還有你離開家以前。」

半晌，他一語不發，我倆卻仍四目相接。「發生什麼事？」

這句話裡微微顫著想配合我的意願，還真是頭一遭，我因此在床邊跪了下來，想再次藉機套話。「邁爾斯，親愛的邁爾斯，我真的很想幫你的忙！我只想幫忙，就只是這樣而已。我死也不會傷害你，就算只是一根頭髮，我也死都不想傷到！」啊，我說出來了，再坦率也無所謂了，「邁爾斯，我只是希望你配合，我才能救你啊！」但過了一會，我就發現自己太坦率了。我才剛懇求完，就立刻得到回覆了，只是這回覆就像寒氣、冷風來襲，來勢之急，不但房間天搖地動，連窗子都好像被吹垮了。這時，邁爾斯扯開嗓子尖叫，那一聲，正沒入了周遭的震撼聲響中。我雖然偎在他身邊，卻分不清那呼聲是出於喜悅，還是出於驚嚇。於是我立刻站直身子，而這時，我才發現房裡一片漆黑。一會，我環顧四周，看見窗簾紋風不動，窗戶依舊關得緊緊的。「蠟燭怎麼熄了！」我大喊。

「親愛的，是我吹熄的！」邁爾斯說。

18

隔天下課後，葛羅思太太逮到機會悄悄問我：「老師，信寫好了嗎？」「好了，寫好了。」我沒說的是，信雖然封好了，地址也寫好了，卻還在我的口袋裡，反正郵差還沒來，絕對來得及寄出去。

至於學生早上的表現則是出奇良好，出色到不能再出色了，那些舉動似乎是另有所圖，想掩飾我們之間冒出不久的裂痕。課堂上，他們的算術表現精湛懾人，憑我那三腳貓功夫，根本難以望其項背；上歷史、地理時，他們更是不停開著玩笑，簡直不亦樂乎。

至於邁爾斯，他顯然想告訴我，要讓我失望一點也不難。印象所及，這孩子完全活在美善與苦難之中，而這樣的氛圍確實難以名狀。他所有的衝動行為，都散發著獨特的高貴氣息，世界上再也找不到這麼聰慧、高雅的小孩，對不明就裡的觀者而言，他儼然是真誠及自由的化身。只是由於我早對他起了疑心，因此得時時自我克制，並告訴自己，不能因好奇而多瞧他一眼；同時我也得刻刻留心，不能讓自己凝視出神，或是發出喪氣的嘆息聲，因為這些行為出現的時機，往往都是在我試圖解謎，思索為何如此一位小紳士會受這般懲罰；而對於解謎，我總是一下興起、一下又擱置。我想了想，若真如我所料，我心中那些陰暗、邪惡的猜想，都發生在他身上的話……這時，我體內燃起了正義感，想知道他是否會將惡念付諸實行，而我需要的正是相關證據。

不過，在這個愁慘的日子裡，邁爾斯卻展現了前所未有的紳士風度。當天，我們提早用了午餐，飯後，他走到我身邊，問我想不想聽他彈半小時的琴。說真的，連向掃羅提出相同邀請的大衛①，都無法像邁爾斯這麼

①典故出自舊約聖經．撒母耳記第十六章第十四至二十三節。以色列王掃羅受惡魔擾亂而苦，臣子向他諫言要找一位善於彈琴的人就能將惡魔驅散，結果找到了伯利恆人耶西的兒子大衛。大衛接受過耶和華祝福，惡魔來找掃羅時，大衛便彈琴，順利將惡魔趕走。

圓融，他的表現確實給人通達老練、宅心仁厚的印象。他這麼做，等於是直接對我說：「我們很喜歡讀騎士故事，這些真正的騎士是從不乘勝進逼的。現在，我知道妳想說什麼了。妳想說的是：只要給妳自由，讓妳不再有被跟蹤的感覺，妳就不會再擔心我，更不會監視我了。妳看，我不是來了嗎？但是，我可是不會走的！我們有的是時間。和妳在一起，我確實非常開心。我只想讓妳知道，我會為理念而戰。」

後來，我到底拒絕了他，終究還是沒和他手牽著手，一同走到教室去，應該不難猜想才是。他在舊鋼琴前坐定後，開始彈起琴來，但是他當天的演奏，卻像是從沒接觸過鋼琴一樣，老實說，若有人認為他最好改踢足球，我會深表贊同。受這般琴藝影響，我連時間都忘了，到最後我甚至心生疑惑，以為自己聽到一半睡著了。當時我們吃了午餐，一同坐在教室火爐旁，但事實上我根本沒睡著，還犯了更大的錯，我忘了一件重要的事：芙蘿拉那時候跑去哪裡了？我問邁爾斯，他聽了之後，先是彈了一分鐘的琴，才淡淡回我一句：「親愛的，我怎麼會知道？」接著，他又開懷大笑起來，還把笑聲當作樂曲和聲，拖得長長的，順勢譜出一首冗長而斷續的曲子。

我走回自己的房間，不過芙蘿拉不在裡頭，於是下樓前，我又探頭進其他房間，看她在不在，但卻遍尋不著。我想她一定是在葛羅思太太那了。這樣一想，我便放下心來，馬上去找葛羅思太太。我找到她的時候，她剛好就在我前一晚看到她的地方，但是我問了問題後，她卻一臉茫然，像是嚇呆了一樣。她說她以為吃過飯後，我就帶著兄妹倆離開了。她會這樣推論，是因為我從不輕易讓芙蘿拉離開視線，但是那天我卻破例了。當然，妹妹也可能在其他傭人身邊，在這當下，低姿態尋人才是上策，絕不可打草驚蛇，於是我們很快就商量完畢，分頭找人去了。十分鐘後，我們回到大廳碰頭，向對方報告結果。可惜的是，儘管我們詳加盤查了一番，仍然問不出妹妹的下落，任務宣告失敗。一時之間，我們除了四處張望，只能默默互使眼色，向對方透露自己的不安。我感覺得出來，我朋友一旦接收了我的不安，就會加倍奉還。

「她一定在樓上，」她說，「在您還沒找過的房間裡。」

「不可能，她離我們沒那麼近。」我相當有把握，「她一定跑出門了。」

葛羅思太太瞪大了眼。「不戴帽子就出門？」

想當然，我的眼睛也瞪得很大。「那個女的，不也都不戴帽子嗎？」

「妹妹和她在一起？」

「就是和她在一起！」我嚴正表示，「我們要找到她們才行。」

我抓著她的胳膊，但她因為聽了我的話，嚇得一語不發，即便我對她施壓，她也毫無反應。不過她雖然站在原地，卻成功透過自己的不安，讓我意會了她心中的疑惑。「那邁爾斯少爺在哪裡？」

「他啊，他在昆特旁邊。他們一定在教室裡。」

「老師，天哪！」我心裡明白，我那時的念頭，還有我的語氣，從未如此堅定沉著過。

「他們耍了詐，」我繼續說，「而且還得逞了。哥哥使出了神妙招術，把我弄得服服貼貼，妹妹就趁機溜走了。」

「神妙？」葛羅思太太大惑不解，重複著我的話。

「說『邪惡』比較好一點！」我興奮地回答，「他還幫自己找好退路了。不過，我們來找人吧！」

她愁容滿面，無語問蒼天。「您把他留在那了？」

「留在昆特旁邊嗎？沒錯，我已經不在乎了。」

每到這個關頭，她都會抓著我的手，這次我也因此留下來陪著她。我突然願意妥協，嚇得她呆了一會，接著她又焦急地問我：「是因為那封信嗎？」

我很快摸了摸口袋，掏出那封信，高舉起來，然後甩開她的手，朝大廳裡的大桌走去，最後把信擺在桌上。「路克會來收信。」我邊說邊走回原處，還一路走到大門前，把門打開。最後我人已經在門外的階梯上了。

我同伴依舊裹足不前。前晚風雨交加，清晨時終於歇了，但午後的天氣卻又陰又溼。我都已經站在車道上，她還杵在門口不動。「您不披件衣服嗎？」

「孩子都不披了，我披做什麼？沒時間換衣服了。」我大喊，「妳想換的話，我就自己先去了。妳在樓上的時候，可以順便找找看。」

「找他們嗎？」可憐的太太，才一說完，就馬上加入我的行列了！

19

我們直向湖畔走去。在布萊，大家都稱之為「湖」，在我這涉世未深的人看來，這片水池比想像中小得多，但是我倒覺得稱作「湖」很貼切。我甚少接觸湖泊水池，也不常親近布萊這片池子，只有幾次，因為身邊有學生保護，我才願意搭上泊於岸邊、為我們而設的老舊平底船，在水面上闖蕩一番。那湖面積之廣，水波不斷晃漾，讓我嘆為觀止。

平日上船的地點，離宅院有半哩之遙，而我深信，不管芙蘿拉在哪裡，一定不是在宅子附近。她從我身邊溜走，不會只是想隨便探個險而已。再說，自那次湖畔奇遇以來，我都會趁散步時，觀察她喜歡流連的地點，正因如此，我現在才能向葛羅思太太講解路線，替她帶路。她聽了之後，變得心不甘情不願，顯然她又陷入困惑了。「老師，您是要到湖邊去嗎？您覺得她在水裡？」

「對，雖然水沒有很深，但我覺得她在裡面。可是我覺得她最可能待的地方，就是我跟妳說過的，看見鬼魂的地方。」

「她裝作沒看見的那一次？」

「還一副從容不迫的樣子，多厲害！我相信，她肯定想一個人到那邊去。看來，哥哥幫她製造機會了。」

葛羅思太太還是站在原地，絲毫不動。「您真的覺得，兩個孩子會討論那兩個人嗎？」

這問題我可是有把握得很！「只要聽到他們討論的事，我們肯定會嚇死。」

「假設她在那裡……」

「然後呢？」

「那潔索小姐也會在嗎？」

「肯定是，等著看吧。」

「好吧，我不跟了！」我朋友大叫，雙腳釘死在地上，動也不動。

我一看，立刻決定拋下她，自己去尋人。不過我走到池邊的時候，她還是緊跟著我。我明白她在想什麼：她知道，不管我會不會碰上怪事，跟著我總是比較安全。我們離湖面更近了，雖然湖景盡收眼底，但卻不見小孩的身影，這時葛羅思太太唉了一聲，情緒紓緩了一些。靠近我們這一側，也就是我上次觀察芙蘿拉時，最後大吃一驚的那側，並沒有妹妹的蹤影；而另一側，除了在離岸二十碼處有濃密樹叢，還一路長到池邊之外，也同樣沒有半點人影。這片湖水呈長橢圓狀，長雖長，卻極狹窄，乍看之下大概會被誤認為小河。我們凝望著這一汪湖水，於此同時，我朋友看了看我，似乎想表示意見。她在想什麼，我心裡早有底了，於是我向她搖搖頭，否定了她的想法。

「不對，不對，等一下！她把船划走了。」

泊船的地方空空如也，我同伴看了一會，又向湖的對岸看去。「所以船在哪？」

「我們看不到船的蹤影，這就是最好的證據。她已經把船划走，跑到對岸去了，而且船也被她藏起來了。」

「就她，那孩子一個人？」

「不只她一個。再說，到了這種時候，她就不是什麼孩子，而是個老人了。」凡是觸目能及的湖岸，我全都掃視了一遍，至於葛羅思太太，她聽了我的古怪言論，再次對我佩服不已。我接著說，船可能就藏在某個內凹處，而湖這側的外突及水邊的樹叢，把內凹遮住了。

「如果船在那邊，那她在哪裡？」我同事焦急地問。

「所以我們得調查清楚。」我邁開步伐，繼續走著。

「要繞一大圈過去嗎？」

「當然。看起來很遠，大概得走十分鐘。那孩子應該是覺得太遠，才沒用走的。她最後抄捷徑，直穿湖面了。」

「老天啊！」我朋友再次大叫出聲。看來，這串推論對她來說，後勁有點太強了。她聽了我的話，便亦步亦趨跟著我，走到半途時，我停下腳步讓她喘口氣。光是走到這，我們就繞了許多彎，路面還坑坑巴巴，遍地雜草，實在累人。我很感謝她鼎力相助，於是拉了她一把，藉機表明謝意。這一拉之後，我們又打起精神來，繼續走了幾分鐘，終於我們找到了那艘船，藏的地方正如我所料。這地方實在隱密，絕對是有人故意藏的。此外，湖旁有座籬笆，船就繫在某根籬笆樁上，這種繫法，確實方便搭船的人登陸。船上那對短小粗槳，正安穩地平躺在船身上。我看著槳，不禁讚嘆，這小女孩確實能耐過人，不過在布萊這段時間內，我什麼怪事沒見過？早被嚇習慣了。籬笆上有道門，我們穿過那扇門，又走了一段無趣的路，最後來到一片空地上。這時我們齊聲大喊：「她在那裡！」

芙蘿拉出現了，離我們不過咫尺之遙，她正站在草地上，臉上還掛著微笑，好像該演的戲已經演完了一樣。然而她又立刻彎下腰，從地上摘了蕨類，她摘起的那一大把植物，實在又枯又醜，但乍看之下，她好像就是為了摘草而來的。

我當下立刻知道，她一定剛走出樹叢不久。她紋風不動，站在原地等著我們，我更發覺，我們靠近她時，神情卻是罕見地肅穆。她一直微笑、一直微笑，直到我們碰頭，整個過程一片靜默，而最後這靜默也化成了魔咒，將我們罩住了。

葛羅思太太先行打破僵局，她雙腿一跪，將孩子擁入懷裡，孩子柔軟的身軀毫未抗拒，任由她緊緊攬了好一會。這一幕悄然無聲，但張力十足，而我只能作壁上觀。當時，把頭靠在我同伴肩上的芙蘿拉，還偷偷看著我，我察覺她的眼神，便旁觀得更起勁了。她的燦笑早已消失，只剩下一臉嚴肅，看著她的臉，我心不但更痛，還使我羨慕起葛羅思太太，希望自己能像她一樣頭腦簡單。

這段時間內，除了芙蘿拉手裡的蕨類掉回地面之外，什麼事都沒發生。芙蘿拉和我心照不宣，知道現在無論怎麼解釋，全都沒用了。葛羅思太太起身後，依舊拉著孩子的手，和妹妹站在我面前，不斷以表情和我心靈交流，甚至坦白向我暗示：「我要是敢說一句話，就死定了。」這時，無聲交會攀上了高峰。

率先打破沉默的，是一派天真、不斷打量我的芙蘿拉。她看到我們沒戴帽子，吃了一驚。「咦，妳們的帽子呢？」

「親愛的，那妳的帽子呢？」我旋即答道。

她又笑了起來，好像我這樣回答，她已經很滿意了。「邁爾斯呢？」她繼續問。

這小孩的勇氣當真擊倒我了。她此話一出，宛如寶劍脫鞘，又似一掌揮來，把我幾週以來高舉的杯子給撞開了，不過在我開口說話前，原已滿杯的液體，又如洪水般漫出杯緣了。「我待會告訴妳，妳先跟我說……」說著說著，我的聲音顫不成聲了。

「說什麼？」

葛羅思太太的不安熊熊燃燒，但太遲了，我已經決定要問到底。「親愛的，潔索小姐在哪裡？」

20

事情一發不可收拾，跟墓園事件十分類似。以前，我們從不會將名字說出口。當時芙蘿拉一聽，顯然受到不小的震撼，對她來說，我打破沉默的舉動，簡直無異於打碎窗戶玻璃。葛羅思太太見了我的暴行，立刻補上一聲驚呼，像是要抵禦外力進擊一樣。那聲音之淒厲，聽來宛如一隻受驚、負傷的動物，持續了幾秒後，終於輪到我放聲大喊了。我抓著同事的臂膀，高呼：「她在那裡，她在那裡！」

潔索小姐在我們眼前現身了。她矗立在對岸，跟上回的情景一模一樣，我還記得，我居然因此雀躍起來，覺得證據在握了。她出現了，證明我是對的；她出現了，證明我既不冷血也沒瘋。她會出現，一部份是為了可憐又飽受驚嚇的葛羅思太太，但主要是為了芙蘿拉。那時真的是我一生中最驚悚的時刻。我努力以神情向她致謝，同時心想：這惡鬼再冷血、惡毒，總能明白我想說什麼。

她的身子挺得直直的，就站在我和我朋友剛待過的地方，我們雖然相隔兩岸，但她散發的邪惡氣息，卻未因距離而衰頹，於是眼前的生動畫面、內心激昂的情緒，就這麼持續了幾秒鐘。

在這當下，葛羅思太太睜著昏花的雙眼，朝我手指的方向看去，我心想她終於親眼看見了。同一時間，我也順著潔索小姐的目光，將眼神快速轉向芙蘿拉。這一看，真把我嚇壞了，那孩子垂頭喪氣的模樣，實在出人意料，她這樣的反應，真是比單純緊張要驚人多了。看我們一路追來，那孩子已經有所防備，不會讓自己輕易洩漏祕密，因此，當我無意瞥見一絲端倪，震撼感便隨之而來。

她紅通通的稚嫩臉龐，看不出任何情緒起伏，至於我手指著的怪象，她甚至連看都不看，就只是望著我，板著一張肅殺的臉。這表情真是前所未見，好像是在指控、評斷我，眼前的小女孩成了殺氣騰騰的煞星。她冷酷的神情，雖然令我膽戰心驚，但想必她早看透一切了。我心中這股信念，在那時攀上了頂點，於是，我登時激動大喊，要她好好看清楚，以證明我言之成理。

「她就在那，妳這可憐的東西，看那邊，看那邊。妳跟她很熟吧？就跟妳和我很熟沒兩樣！」不久前，我才和葛羅思太太提過，說芙蘿拉在這種時候，根本不是什麼小孩，而是個很老的老女人。我這種說法，現在完全證實了：這孩子臉色愈來愈陰沉，老態畢現，只是看不出默認的意圖。如果我沒記錯，她那時的「舉止」，比什麼都還令我魂飛魄散，但同時我發現葛羅思太太也是個大麻煩，不好應付。

下一秒鐘，這位老太太立刻漲紅了臉，大聲反駁著我，從她口中爆出的呼喊，把一切都給吞沒了。「老師，拜託不要嚇人！您到底看到什麼了？」

雖然她這麼說，但那惡鬼依舊清晰可見，並未銷聲匿跡，因此我只得一把抓住她。那鬼魂現身一分鐘了，就連我一面指指點點，一面用另一隻手抓著我同事，拉著她面向事發現場時，那鬼還是沒走。

「我們都看到了，妳沒看到嗎？到現在，妳還想說妳不知道嗎？妳看，她就在那，跟一團火一樣清楚！太太，看清楚，快看清楚！」她像我一樣看了過去，接著對我發出濃濃的哀鳴聲，裡頭參雜了否定、噁心以及同情，她不但同情我，也趁機鬆了一口氣，因為她什麼也看不到，得以倖免。

不過，這態度依舊令人窩心，感覺上，她要是能目睹一切，應該也會大力支持我的。其實，沒有她支持還真不行，因為鐵證明明就在眼前，無奈她卻見不到，我的臺階簡直要崩毀了，我感覺到……我看到了，這位面無血色的前任老師正步步進逼，追打著失勢的我，這時芙蘿拉令人驚惶的態度，也讓我喘不過氣。至於葛羅思太太，她更是斷然倒戈，與孩子一鼻孔出氣，於是她們的個人勝利，刺穿了頹喪的我。就這樣，她氣喘吁吁地安慰著芙蘿拉。

「小姐，她不在那裡，那裡根本沒人。親愛的，妳什麼都沒看到！潔索小姐那麼可憐，潔索小姐不是死了，還下葬了嗎？我們這些人，不都知道這件事嗎？」接著，她又突然對孩子說：「這都是誤會一場，我們擔心過頭，鬧笑話了，還是趕快回家吧！」

這小傢伙馬上給了答覆，速度奇快，又不失禮節。葛羅思太太站起身，她們倆再度融為一體，和我勢不兩立。芙蘿拉面露憎惡，眼睛仍盯著我瞧，手裡捏著我朋友的衣角，這孩子以往純真的美善，似乎早已無影無蹤，再也不復見了。當時，我只能求上帝寬恕我，原諒我發現了這件事。我先前提過了，她板起了一張驚悚的臉，變成了醜陋的平凡人。

「我不知道妳在說什麼，我什麼都沒看到。從剛剛到現在，什麼都沒看到。我覺得妳好殘忍，我討厭妳！」這種話，大概只會在粗俗無文的野女孩嘴裡聽到，而芙蘿拉撂下狠話之後，立刻抱緊葛羅思太太，把那張駭人的臉埋入對方裙裡。然後她就這樣埋著頭，憤怒地嗚咽著。「帶我走，帶我走——我不要待在她身邊！」

「我身邊？」我整個人激動了起來。

「妳，就是妳！」她喊著。

葛羅斯太太瞧著我，眼神無奈得很，於是我只得親自和對岸的魂魄溝通了。那鬼魂一動也不動，好像一直聽著我們說話，顯然它的目的絕不是幫助我，而是要來找麻煩的。可憐的孩子，她那字字傷人的話語，聽來真像是為人喉舌。我灰心喪志，面對不得不承受的磨難，只能難過地對她搖搖頭。「我以前或許懷疑過妳，但是到現在，真相也該大白了。其實，殘酷的真相一直都在我左右，如今我已經被團團包圍，難以脫逃了。沒錯，我管不了妳，可是我一直都沒放棄。但是妳，她控制了妳……」說到這，我又望向湖水彼岸，瞧著那位地獄使者，「妳又用妙招來對付我。我盡力了，但還是管不了妳，再見了。」我更發了狂似地，對葛羅思太太下命令：「走，快走！」她雖然什麼也看不到，心裡卻明白壞事臨頭、危機進逼，於是她靜靜握著小女孩的手，帶著哀戚的面容，盡快和孩子離開事發現場。

❁

現場剩我一人，後來發生的頭一件事，我已經記不得了。我只知道，約莫十五分鐘後，身邊瀰漫起一股潮溼、刺鼻的惡臭，冷不防撲面而來，讓我頓時發覺，原來自己已經趴倒在地，呼天搶地哭過一陣了。等我抬起頭，暮色早已深沉，我想我應該哭倒很久了。我爬起身，望向四方，在暮光之中，惟見水面黯淡，岸邊淒清陰森。最後我失神踩著蹣跚步伐，一路走回宅院，但來到籬笆門前時，船居然消失了，我不禁大吃一驚，讚嘆芙蘿拉的手段如此神妙。

當晚，我偷偷安排了新計劃，讓孩子和葛羅思太太睡在一起，這樣的安排，應該能讓每個人開心吧？但說是「開心」，聽起來卻頗嚇人，好像用錯了形容詞一樣。回到家後，我沒見到她們倆，倒是看到了邁爾斯，這麼一來，感覺也彌補了什麼。我看到——我只能用這兩個字——邁爾斯了，看了好長一段時間，當時的氣氛真是史無前例的驚悚。

那晚，是我在布萊度過最肅殺的一晚，在我腳下還出現了一道痛苦深淵。不過，我感覺哀愁不但正節節消退，更是出奇甜蜜。其實，我回家後並沒去找哥哥，而是逕自回房，把身上的衣服換掉，並看了一眼和芙蘿拉決裂後的殘跡。她本來放在我房裡的東西，現在全都搬走了。

稍後，我坐在教室火爐旁，喝著平常那位傭人送來的茶，對於邁爾斯的事，我全然無意追問。現在他自由了，想自由多久就多久！沒錯，他真的自由了，其中一部份自由，就是他能在八點鐘左右走進教室，陪我同坐一室，相對無語。早些時候，茶具一收走，我便將蠟燭全都吹熄，連人帶椅挪近爐邊，因為那時，我全身泛起了刺骨寒意，好像根本暖不起來。就這樣，他一踏進教室，我整個人都籠罩在火光中，同時兀坐沉思著。他在門邊佇足了一會，似乎正盯著我看，接著又走到火爐另一側，一屁股坐上椅子，一副想替我分憂解勞的模樣。室內寂靜無聲，我倆端坐其中，但我總覺得，他很想陪在我身邊。

21

清晨房裡，天色尚未大亮，我一睜開眼便看到葛羅思太太坐在床畔。她之所以來，是為了向我報告壞消息：芙蘿拉好像在發高燒，應該是生病了。孩子前一晚輾轉難眠，心裡因恐懼而七上八下，她畏懼的並非前任老師，而是現任這位；顯然，她會這麼激烈抗拒，不是擔心潔索小姐再度現身，而是害怕見到我。我馬上跳下床，想把事情問個仔細。看我朋友的樣子，她顯然已經拿定主意，想重新和我並肩作戰，而於此同時，我也開口探問，看看孩子究竟是真心還是假裝的。「她是不是一直對妳說，她從來都沒看到怪東西，包括那一次？」

我的訪客確實心亂如麻。「老師，這事我可沒辦法逼她！但我要說，我也不覺得有必要逼她。經過那次之後，那孩子從頭到腳都變得好老。」

「在這裡，我就能想像她的樣子了。這孩子個頭小，氣燄高得像大人物，如果別人質疑她的誠信，認為她不夠高尚，她就會氣得跳腳。『潔索小姐她，她真的很……』，怎麼，她很『高尚』嗎？野丫頭！說真的，她昨天給我的感覺實在怪到極致，怪到不能再怪了。我真的做錯事了，她以後不會再跟我說話了！」

這話相當難聽，卻語焉不詳，葛羅思太太聽了之後先是沉默半晌，接著坦白地贊同了我的想法，不過她心中想的肯定不只如此。「沒錯，老師，我覺得她不會再和您說話了。她態度很硬的！」

「她的態度，」我做了個小結，「就是她最大的毛病。」

那孩子的態度，我在葛羅思太太臉上，看得清清楚楚！「每隔三分鐘，她就問我您會不會來。」

「這樣嗎？我明白了。」我這邊也是，有很多事情得好好釐清。「從昨天到今天，她除了不承認自己碰過怪事之外，有沒有提過潔索小姐？」

「老師，完全沒有。當然，您也知道，」我朋友繼續說，「在湖邊的時候，我相信她說的，四周根本沒人。」

「原來！妳現在還是相信她囉？」

「我不跟她唱反調的。要不然呢？」

「也沒別的辦法了！妳身邊這孩子，可是世上最狡猾的。那兩個人……我是說，孩子的朋友，經過他們的洗禮，孩子變得比原本更狡猾了。這兩個孩子還真是可塑之材啊！現在，芙蘿拉滿肚子都是氣了，她會一定會想辦法出氣的。」

「老師，我懂。不過，她會怎麼出氣？」

「這還用說，當然是把我的事告訴她叔叔。她會把我批得一無是處，說我不是人！」

葛羅思太太的表情突然劇烈變化起來，我一看，冷不防倒抽了口氣。她的反應，彷彿那兩人現了身，她全看在眼裡一般。「老闆對您的印象那麼好……」

「他啊，我突然發現，他考驗我的方式實在非常奇怪，但這不重要了。至於芙蘿拉，她肯定想把我趕走。」

我同伴鼓起勇氣附和我，「從今以後，她不想再看到您了。」

「所以妳來找我，」我問，「是想叫我早點行動嗎？」不過，在她準備要回我之前，我又逕自說了下去。「我有個更好的點子，我已經想了很久。我要是離開，或許就天下太平了，星期天的時候，我差一點就要走了。但是這招其實沒用。該離開的是妳，而且妳要帶著芙蘿拉走。」

我朋友聽了也陷入沉思。「可是……要走去哪裡？」

「離這裡遠一點，離他們遠一點；而且最好離我遠一點。帶她去找她叔叔。」

「只為了告您的狀嗎？」

「不是，不只是這樣！我留在這裡，自然有解決方案。」

她仍舊一頭霧水。「您有什麼解決方案？」

「首先，妳必須乖乖聽我的。接著，就換邁爾斯了。」

她凝視著我。「但您覺得他……」

「妳是說，他要是逮到機會，會不會捅我一刀？沒錯，我一直在做心理準備，但無論如何，我就是想試一試。快點把妹妹帶走，讓我和哥哥留在這裡。」

我頗為訝異，原來我體內的鬥志依舊高昂。明明有我這個好榜樣在，她還是感到猶豫徬徨，但這也不過是件小事，無須掛心。「當然，還有一件事。」我繼續說，「妹妹離開之前，他們倆絕對不能見面，一秒都不行。」我突然想到，芙蘿拉從湖邊回來後，表面上與他人隔絕了，但是我現在說這些大概也太遲了。「該不會，」我焦急追問，「他們已經見過面了吧？」

她一聽，臉立刻紅了起來。「老師，我才沒那麼蠢！我可能離開她三、四次過，不過每次我離開的時候，都會有別的傭人陪在她身邊。現在的話，她旁邊雖然沒人，但房間上鎖了，她在裡面非常安全。唉呀，不過這……」內情顯然不單純。

「不過什麼？」

「您信得過少爺嗎？」

「我什麼都信不過，只信得過妳。但昨天晚上，我開始覺得事情會有新發展了。我想哥哥有話要對我說。這可愛又可憐的小鬼，他肯定有話想說！昨晚，我們倆一言不發，一同在火爐邊坐了兩小時，我當時以為，他大概要開口了。」

葛羅思太太望向窗外，直盯著灰濛濛的天空。「他開口了嗎？」

「沒有。我等了很久，但說真的，他一句話也沒說。從頭到尾，沒有一刻不沉默的，包括妹妹怎麼了、為什麼沒出來，也連提都沒提。最後，我們親了對方，互道晚安。」我繼續說，「不過，就算叔叔來探望芙蘿拉，我的立場還是一樣，絕對不讓妹妹見到哥哥。現在，事情愈來愈嚴重，讓他們見面之前，我得多給哥哥一點時間。」

我的朋友滿臉不解，讓我有些意外。「多給一點時間？什麼意思？」

「多等個一、兩天，他就會開口了。到時候，他會和我站在同一邊的，妳看就知道，這點非常重要。要是他什麼都不說，我只能說我失敗了，但至少妳已經到了城裡，可以幫我的忙，看看能不能討個救兵。」我一五一十說了，但不知為何，她還是一頭霧水，因此我只好再推她一把，順便收尾：「除非妳不想走。」

她的臉總算豁然開朗了。接著，她把手交給我，對我發誓。「走，我走。今天早上我就走。」

我盡量不去逼她。「如果妳真的不想走，那麼就不要讓妹妹見到我。」

「老師，跟我沒關係，是這間屋子的問題。妹妹一定得離開這裡。」她用凝重的眼神望了我一陣，才開口說：「您說的都沒錯，我啊……」

「怎麼了？」

「我不能留下來。」

我一見到她的神色，便驚覺事情尚有蹊蹺。「該不會，妳昨天就看到了……？」

她嚴肅地搖搖頭，「我聽到了……」

「聽到了？」

「那個孩子，她說了恐怖的話！就在我身邊！」她嘆了一聲，紓紓壓，「我對天發誓，老師，她真的說了！」話才說完，她就崩潰了，瞬間整個人哭倒在我的沙發上，任由苦痛吞噬自己，之前我就看過她這樣了。

當下，我也釋放了自己的情緒，只是方式不太相同。「啊，感謝上帝！」

她一聽，身子立刻翻了過來，擦擦眼淚，嗚咽著問：「感謝上帝？」

「可見我說的都是對的！」

「老師，沒錯！」

我本來想再多強調幾次，不過終究是忍了下來。「她真的這麼恐怖嗎？」

看我同事的臉，顯然她不知道怎麼說才好。「真的很恐怖。」

「跟我有關嗎？」

「對，老師，跟您有關。這麼小的女孩，居然會說這種話，真不曉得她是從哪聽來的。」

「她用來罵我的難聽話嗎?我知道在哪學的!」我一面打岔,一面意味深長地大笑。

這下子,我朋友反而更嚴肅了。「其實,我應該也知道,因為我更早之前就聽過了!可是我真的聽不下去。」可憐的太太,她說著說著,又朝我梳妝台上的錶看了一眼,「我得回去了。」

不過我要她留下來。「但,要是妳真聽不下去……」

「您是想問,我要怎麼陪她嗎?很簡單,只要陪她離開,這樣就夠了。離開這裡,」她繼續說,「離開他們……」

「這樣,她大概會性情大變,大概就能解脫了。」我滿心歡喜,緊緊抓著葛羅思太太,「就算經過昨天那些事,妳還是相信……」

「相信這樣做有效嗎?」她的三言兩語以及臉上的表情,意思已經很清楚,無須多言了。那時,她從未如此全心全意過。「我相信。」

沒錯,那是開心的語氣,我們依舊是戰友,只要能持續下去,那麼不管發生什麼事,我都不在乎了。無論是大難臨頭,還是之前缺乏自信那時候，我都需要旁人支援，如果她能替我作證，證明我沒說謊，我就願意承擔一切。不過在她離開之前，有件事讓我有點尷尬。「突然想到，妳要記得一件事。妳進城之前，我寫的那封警告信就會送到了。」

這時，我發現她一直在拐彎抹角，弄到最後，已經負荷不來了。「您的信寄不到城裡的。其實，信根本沒寄出去。」

「發生什麼事了？」

「天曉得啊！邁爾斯少爺……」

「該不會，他把信拿走了吧？」我驚呼。

她起先緘默，最後克服了心魔。「我昨天一和芙蘿拉小姐回到家，就發現那封信不在您之前放的地方。晚上的時候，我碰到路克，便問了一下，他說他根本沒摸過、甚至沒看過那封信。」我們心裡有了共識，但一時之間只能無聲交流。後來葛羅思太太喜形於色，率先把話說開了。「您懂了吧？」

「我懂了，如果是邁爾斯拿走的，他讀完信之後，應該會把信毀掉才對。」

「就這樣？您沒看出別的事嗎？」

我一聽，只能對她苦笑。「我發現，妳的眼睛瞪得比我還大。」

確實，她的眼睛瞪得老大，她聽了我的評論，還臉紅了。「我大概知道少爺在學校做了什麼了。」她單純的思維突然有了大發現，還讓她傻勁十足地點著頭，「他偷東西了！」

我左思右想，想給點公正的評語。「嗯，有可能。」

她一臉狐疑，大概覺得我太冷靜了。「他在學校會偷信！」

我之所以冷靜，理由單純得可以，但她是絕對想不到的，因此我只好說個明白。「希望他在學校偷信的理由，比這次有意義一點。總之，我昨天放在桌上的信，」我繼續說，「不會讓他有機可乘的，因為信的內容只是拜託老闆來探望我們一下而已。邁爾斯這次動作很大，收穫卻這麼小，他一定覺得很丟臉，昨天晚上，他一定是想對我承認，才會心事重重。」

那時，我覺得自己已經看清一切，大局在握了。「快走，快離開我們，」

我邊說，邊趕她出門，「我會把話套出來，他會和我面對面坦承一切的。他只要說實話就解脫了。只要他一解脫……」

「您也可以解脫囉？」這可愛的太太，話一說完立刻親了我，我也向她說聲再會。她離開時還大喊：「我會讓您解脫，不用靠他！」

22

她一離開，我馬上就想她了，而且最大的煎熬也隨之而來。我之前以為，這是和邁爾斯獨處的好機會，但現在我反而覺得是種懲罰。我走下樓的時候，知道葛羅思太太已經和妹妹搭車離開了，那一刻的心情真是忐忑極了，是我在布萊最不安的一次。我對自己說，現在我得正面迎戰大敵了；一整天想下來，除了和自己的軟弱搏鬥，我竟發覺自己的決定實在太過倉促。相較以往，現在能讓我容身的空間更小了，尤其是其他人，在此危急之際，更首度露出惶惑的模樣，使我備感壓迫。我同事瞿然出走，這些人看了也只能面面相覷，更沒人想多作解釋，無論女傭或男侍，全都一臉木然。這些人的反應著實加劇了我的焦慮，不過我隨即又想，我得化為阻力為助力；總之，多虧我死命掌舵，船最後才免得沉沒。我敢這麼說，正是因為隔天早上，為了獨挑大樑，我擺起了架子，故作矜持，還設法讓大家知道，我不但十分樂意扛責，而且就算全靠我一人，我也會屹立不搖。隨後一、兩個小時，我懷著這種態度，配上兵來將擋的神色，在屋內屋外巡視著。就這樣，我心懷鬼胎，到處做樣子給相關人士看。

到了午餐時刻，我才發現，邁爾斯根本置身事外。早上巡查時，我沒有機會碰見他，但其他人紛紛猜想，邁爾斯前一天為了掩護妹妹，故意坐在鋼琴前，把我耍得團團轉，因此，我和哥哥的關係大概變質了。大家會公開議論，絕對是因為芙蘿拉足不出戶，後來又一走了之；至於所謂的「關係變質」，想必是他們發現我們沒照常上課，才作出這樣的揣想。

稍早，我經過他的房間，順勢推開房門，卻發現他人不見了。我下樓之後才知道，原來他已經和葛羅思太太、芙蘿拉一起吃了早點，身邊還圍著一群女傭。他自己也說，他吃飽之後，還出門散了個步。我想，針對我的職責異動，他表達出來的意見，大概沒比這更直接的了。對他來說，我的新職權尚未拍板定案，須待他核可，但奇怪的是，這倒讓人——尤其是我——鬆了一口氣，因為終於可以省下演戲的力氣了。既然這麼多事都浮上檯面了，那就算我說實話，也不算太過份：目前最人盡皆知的，其實是「我裝老師教他，他陪我演下去」這件荒謬的事。顯然，他為了保住我的顏面，偷使了很多小手段，甚至比我還多，最後我不得不求他省點力氣，好讓我有機會見識他真正的能耐。無論如何，他現在已經自由了，我絕不會再次干預。

昨晚，他在教室裡陪我的時候，我既沒針對先前發生的事質問他，也沒作出任何暗示，不插手的態度已經夠明顯了。從那時開始，我的腦中就不斷冒出新計畫，都要滿出來了，只是最後他終於現身，搖曳著迷人的姿態，我才發現，原來實行計畫如此困難，而我內心的憂慮也早已堆積如山了。先前的風風雨雨，在他的外表上，居然從未留下半點污漬或陰影。

為了自顯尊貴，我決定對傭人下令，從現在起，哥哥和我要一起在所謂的「樓下」用餐。於是，我坐在肅穆的富麗飯廳裡，靜待邁爾斯到來。還記得，剛來的第一個星期天，我被窗外的景象嚇到了，那時葛羅思太太還透露了些內幕，可惜她僅點到為止。我早已熟悉的感覺，現在又再次降臨了：我發現，要讓精神穩定，必須專心轉移注意力，不要一直想著敵人是邪魔歪道，真令人反胃云云。為了堅持下去，我只能堅信「邪不勝正」，並將這醜惡的磨難視為推力，迫我走上理當不尋常，且令人反感的路；此外，我得謹守道德善性，才能踩穩腳步，不致潰敗。確實，想要藉正道自助，比任何事都需要高明手腕。我很想向他提這件事，就算一點點也好，但該怎麼做，才能不提到往事呢？而且，我該怎麼做，才能不讓討論愈來愈玄，如墜迷霧？

過了一會，我心裡有了答案，也正因我深信不疑，那一瞬間，我才在我的小同伴身上發現了罕為人知的一面。我總覺得，他為了安撫我，又想出了更精巧的招術，課堂上，他就常常這麼做。前一晚和他共處時，他的行為，難道不夠耀眼、不夠惑人嗎？他的行為（機會來了，寶貴的機會來了），這小孩如此聰慧，居然棄絕才智，不願從中求助，這難道不荒謬嗎？他的才智，除了能拯救他以外，還能給他什麼幫助呢？若想叩其心門，難道不會遭他擋駕嗎？不過，我們在飯廳相視而坐，此時他又好像替我指了路。烤羊腿上桌了，我命傭人退下，至於邁爾斯，他坐下之前，還手插口袋站著，看了羊腿一會。我以為他想來點風趣評語，可是他最後卻說：「親愛的，她是不是病得很重？」

「芙蘿拉嗎？還好，沒很嚴重，她很快就會好了。她到倫敦之後，身體會好一點，布萊已經不適合她了。來吧，來拿你的羊腿。」

他立刻反應過來，乖乖把盤子端回座位，坐定後，又追問下去。「怎麼突然間，布萊就不適合她了？」

「沒你想的那麼突然，這情況有一陣子了。」

「那妳怎麼沒早一點送她走？」

「早一點？什麼時候？」

「趁她病還不嚴重，還能長途跋涉的時候。」

我不假思索就立刻回他。「她身體還可以，沒差到不能長途跋涉。要是她繼續待著，病恐怕才會惡化成這樣。現在送她走正好，離開愈遠，布萊的影響會愈小，」噢，我真是太會圓了！「到最後就消失了。」

「原來是這樣，我懂了。」邁爾斯也一樣，圓得很漂亮。接著他搬出「餐桌禮儀」，開始用起餐來。從他回來那天起，他的餐桌禮儀從不勞我操心叮嚀，他會被退學，絕非吃相不佳所致。今天他和平常一樣，舉止無可挑剔，但顯然多了一些不安的成分。看來，他想獨力面對不懂的事，而且明白自身處境後，立刻緘口不語，打算泰然處之。這一餐沒幾下就結束了，對我來說，只是做做樣子而已。我馬上命人收拾餐桌，收好之後，邁爾斯站起來背對著我，又把手插進口袋，面朝那扇闊窗，望向窗外；這扇窗，正是我前陣子一看，立刻嚇僵的那扇。女傭仍服侍在側，我倆依舊無語，這時我突然有了個奇想：我們兩個好像一對年輕夫婦，在蜜月時落腳旅館，卻因侍者在側而害羞，最後默不作聲。侍者一離開，他立刻轉過身來。「看來，只剩我們兩個了！」

23

「大概吧。」我想我笑得有點勉強。「但不盡然，我們不會想獨處的。」我又說。

「對，我也這麼覺得。而且，我們旁邊都還有人。」

「說得沒錯，旁邊的確還有人。」我附和。

「可是就算有人在，」他依然站在我面前，手插在口袋裡，「也跟不在一樣，不是嗎？」

我試圖全力應付，但我的臉感覺也慘白了。「所謂的『不在』，看你怎麼想。」

「沒錯，」他毫無異議，「一切就看妳怎麼想！」不過他話一說完，就轉身面窗，若有所思，又漫無目的向窗邊踱去。他將額頭緊貼玻璃，在窗前待了一會，乏味的十一月天、我熟知的呆滯灌木，都讓他兀自沉思著。我像平常一樣裝忙，還佔了沙發位，稍微定定心神，每次陷入煎熬，我總如此應對。這種時候，孩子往往置身事內，我卻遭排拒在外，而這次，我仍按照慣例，先做好最壞打算。然而，這時我看著孩子窘迫的背影，卻意外發現我不再被排拒了。幾分鐘後，這種感覺不斷發酵，越發強烈，最後我竟然意識到，被排拒的人其實是他。

對他而言，闊窗的窗框與方正外型，都象徵了失敗，看來他不是被關在裡頭，就是被攔在外面。他的舉止令人欽佩，但卻少了自在，我看在眼裡，內心湧起了希望。他從陰森的窗子向外望，是不是正尋尋覓覓，找著自己看不見的東西？從之前到現在，這是不是他第一次一無所見呢？沒錯，是第一次！對我來說，這是極大的凶兆。他就算再自持，仍掩不住內心焦慮；其實，他已經焦慮一整天了，即使在餐桌上看似有禮，也是悉心掩飾的結果。他再度回頭看我，彷彿在說他不想再矯飾了。「還好布萊很適合我，我很開心！」

「二十四小時內，你好像走了很多路，看了更多東西，」我鼓起勇氣繼續說，「希望你還算開心。」

「沒錯，我走了好多路，繞來繞去，走了不知道幾英哩。我從來沒這麼自由過。」

他的個人風格太強烈，我只能盡力配合。「那，你開心嗎？」

他面帶笑容，站在原地。最後他吐出了兩個字：「妳呢？」短短兩個字竟然意涵無窮，我真是前所未聞。不過我還來不及回應，他又繼續說了下去，就像是爆了粗口，想緩和氣氛一樣。「妳的反應比什麼都要迷人，這是因為，雖然現在只剩我們兩個，但最常獨處的還是妳。」他接著補上一句，「希望妳不要介意！」

「你是指處理你的事嗎？」我問，「親愛的邁爾斯，我怎麼能不管呢？我放棄了和你在一起的權利，我已經無法懂你了，可是能和你在一起，我還是很開心。我會繼續待著，也不過就是為了陪你啊。」

他開始用正眼瞧我，神情也嚴肅了起來，在我看來，這畫面倒是極美，前所未見。「妳留著，只是為了陪我？」

「沒錯，我想當你的朋友，想徹底了解你，看能不能幫你的忙，讓你過得更好。關於這點，你應該不用太驚訝才對。」我的聲音顫著，顫到我控制不了，「颱風暴雨那晚，我進了你的房間，坐在床邊跟你說，為了你，我什麼都願意做。這些話，你都不記得了嗎？」

「記得，我都記得！」他更加侷促不安，連語調也得刻意控制了，不過技巧比我出色得多。他雖然神情嚴肅，卻能笑出聲來，假裝我們只是在相互調侃，說說笑而已。「我看，妳會這樣做，只是想要我幫妳做事而已！」

「一部份是這樣。」我坦承，「可是，你也知道，你最後沒做到。」

「也是。」他一臉燦爛，興致高昂，但是虛偽有餘，「妳要我告訴妳一些事情。」

「對，說吧，不要瞞著我。把你心裡想的事，全都說出來。」

「喔，妳留下來就是為了這件事？」

他的語調聽來興高采烈，但裡頭卻暗暗鼓動著忿恨。看來他似乎想屈服了，雖然徵兆幽微，我的感覺難以言喻，但盼了好久的時刻，總算來臨了，真讓人又驚又喜。「嗯，沒錯。我剛剛說得不清楚，確實，我就是為了這件事才留下來。」

他沉默良久，好像正想方設法，打算駁倒我的臆測。不過到最後，他卻說：「妳要我現在……在這裡說？」

「這是最好的時機了。」他不安地環顧四周，霎時間，我心中浮出了少見的感受——啊，真是詭異！——面對突如其來的恐懼，他會這麼焦慮，好像還是第一次。看來，他好像突然怕起我來，其實對我而言，他有這樣的反應最好。我本來想板起面孔，卻心有餘力不足，於是我立刻放軟了語調，讓氣氛顯得古怪又可笑。「你又想出去走走了？」

「很想！」他對我燦然一笑，而笑容背後潛流的痛苦，讓他更加雄姿英發。他邊說，邊拾起帶進飯廳的帽子，放在手中轉著。這時我明明勝券在握了，但看了他的一舉一動，我卻發現，自己的所作所為任性得可怕。我無論怎麼做，都是暴力行為，試圖強迫一位無助的小孩，逼他羞愧、逼他居於下風，不是嗎？一直以來，我總以為我們能建立美妙友誼，若將這位完人推入窘境，豈不卑鄙？在當時，情勢仍不明朗，但至今，我卻更明白我倆的處境了。我的眼裡似乎浮現了我倆悲淒的目光，我們好像知道，煎熬的時刻快要來臨了，於是，兩位對戰的鬥士，便惶惑地兜著圈子，內心顧忌重重，不敢接近對方。我們害怕的正是對方啊！如此一來，雙方雖僵持不下，卻暫時毫髮無傷。「我全都會說，」邁爾斯說，「我的意思是，妳想聽的，我全都會說。妳先陪我，我們會相安無事的，到時候我就跟妳說，一定會說。總之，不是現在就對了。」

「為什麼現在不行？」

我的執著逼得他掉頭而去，走回窗邊，於是沉默再度籠罩四周，連一根針落地的聲音都聽得見。過了一會，他又走到我面前，看他的表情，就像是某個大人物正等在門外，準備見他一樣。

「我得去找路克。」

他被我一逼，竟扯出如此粗製濫造的謊，我不禁替他感到羞愧。不過，這謊粗糙歸粗糙，卻順勢助我編出一套說詞。我先是緘默，織了幾下針線，這才說：「那就去吧，我會等你，等著聽你告訴我答應好的事。不過，在你走之前，我有個小小要求，算是和你交換條件。」

看他那樣子，似乎覺得自己功成名就，足以和我討價還價一樣。「小小要求？」

「對，很微不足道的要求。你先告訴我，」我手裡的針線活沒停過，語氣更是淡然，「昨天下午，放在大廳桌子上那封信，是不是你拿走了？」

24

我看著他如何應對，但一時之間，我卻猛然分了神——也只能這樣形容了。我大受驚嚇，立刻跳了起來，不顧一切抓住他，將他拉了過來，同時倚著距離最近的傢俱，邊穩住自己的身體，邊讓他背向窗子。那張曾在此出現的臉，這時又大顯其形了：彼得·昆特以監牢衛兵的姿態現身了。下一幕，他走近窗邊，朝窗內窺視起來，我登時意識到，那張蒼白的惡魔臉孔再次映入飯廳裡了。那臉之猙獰，正是我瞬間的內心寫照，但不到一會，我便想好對策了。我相信，沒有女人能像我一樣，在受了驚嚇之後，還能即刻回神採取行動的。

這一幕來勢極快，讓人猝不及防，而首當其衝的我，當下想採取的行動，就是不讓孩子看見同樣的畫面。我彷佛正與惡魔爭搶魂魄，當時我內心的直覺——我只能這麼形容——是自己能超越極限、隨心所欲達到目的。就在我漸感大局在握的時候，我發現被我稍稍推開、距我僅一臂之遙的魂魄，不但在我手中不住顫抖，那稚嫩可愛的額頭上更結了一顆渾圓的汗珠。我眼前這面孔正如窗外那張臉般慘白，此時他的嘴傳出一股聲音，既不低沉亦不孱弱，卻不似自近處而來，而我，則視之如芳香甘露，悉數啜盡。

「對，是我拿的。」

我一聽，立刻發出了喜悅的低鳴。我抱緊他，讓他貼在我胸前，他嬌小的心臟就在嬌小的身軀裡奮力跳動著，給了我陣陣暖流。我把視線聚在窗戶上，這時，外頭那東西動了一下，變了個姿勢。我原本視之如衛兵，但其步伐拖沓，這下子倒像隻尋不著獵物的野獸。然而，我體內迸發的勇氣太強烈，我不得不加以掩飾。說時遲，那時快，那張臉又挪回了窗前，這惡棍就這麼杵在原地，一副想盯梢的模樣。我確信孩子對這事一無所知，若要與那傢伙對壘，我也信心十足，於是我繼續問：「你拿信做什麼？」

「看妳說了我什麼。」

「你把信拆了？」

「拆了。」

我再將邁爾斯推開了點，這時我的視線移回了孩子臉上，發現他原本的戲謔神色，至此已蕩然無存，顯然他被不安吞沒了。出奇的是，最後我勝出了，孩子已然失去感應能力，無法再與魂魄交流了。他知道有東西在場，卻不知其為何物，而且，他不但不知道我發現了那東西，更不知道我明白那東西的來歷。不過這又算得上什麼麻煩？因為，我再看向窗戶的時候，外頭只剩一片清明，惡勢力煙消雲散，這場仗，我終究告捷了。窗戶外，什麼都沒有。這場仗屬於我，所有的戰功都得歸我。

「但你什麼都沒看到！」我志得意滿的情緒，全寫在臉上。

他淡淡地搖著頭，面容哀戚，又貌似出神。「什麼都沒有。」

「都沒有，什麼都沒有！」我喜不自勝，喊出聲來。

「都沒有，什麼都沒有。」他帶著憂傷重複我的話。

我吻了他的額頭。他的額間早已汗水淋漓了。「那封信，你拿去哪兒了？」

「我燒掉了。」

「燒掉了？」此刻不問，更待何時？「你在學校做的，該不會就是這件事吧？」

話題居然繞到這兒來了！「在學校？」

「你有沒有拿信？還是，你拿了別的東西？」

「別的東西？」他似乎出了神，思索起遙不可及的事，他要能想出什麼名堂，只能期待內心焦慮給點推力。不過，他最後真的想出名堂了。

「我偷東西了嗎？」

我很羞愧，好像連髮根都羞紅了。我更納悶，對紳士問出這樣的問題，會不會比看他在世上身敗名裂還奇怪？「是因為這樣，你才不能回學校嗎？」

他除了稍顯訝異，剩下的只有木然。「妳知道我不能回學校？」

「我全部都知道。」

他聽了之後，立刻用最古怪的方式看了我很久。「全部？」

「全部。所以，你到底有沒有……？」同樣的話，我卻說不出第二次。

對邁爾斯來說，這倒是易如反掌。「沒有，我沒偷東西。」

當時，我的表情肯定是說，我完全相信他。可是，我的手仍搖著他的身體，力道雖柔，卻像在質問他，為何白白讓我痛苦了好幾個月。「所以，你到底做了什麼？」

他失魂落魄，不斷掃視著天花板，接著勉力吸了兩、三口氣，彷彿呼吸困難似的。那個樣子，就好像站在海底，抬著頭，盯著一抹青綠幽光看。「我嘛，我說了一些話。」

「就這樣？」

「他們覺得夠了！」

「夠把你趕出學校嗎？」

但這孩子完全沒有被「趕出去」的樣子，這樣的人，可真是絕無僅有了！看樣子，他正在思考我的問題，只是看似心不在焉，又帶點茫然失措。「好吧，我其實不應該說那些話。」

「你對誰說了？」

他努力回想著，但卻徒勞無功，什麼都想不起來。「我不知道！」他對著我笑，看那樣子，他真的招架不住，想投降了。我本該就此打住，可是我被勝利沖昏了頭，原本應該將他抱緊，最後反而將他推得更遠，接著質問：「是對大家說的嗎？」

「不是，我只對……」他虛弱地搖著頭，「我不記得他們的名字了。」

「有很多人嗎？」

「沒有，只有幾個而已，都是我喜歡的人。」

他喜歡的人？我不但沒釐清狀況，反而陷入更深的迷霧裡。過了一會，我慈悲了起來，提醒自己那孩子可能是無辜的，但正因如此惡念，一時之間，我的思緒混亂，整個人落入無底深淵。要是他無辜，那我呢？這問題一纏上心頭，我便癱瘓了，於是我只得稍稍放開他。他長嘆了一口氣，又轉過身去，面對著清澈透明的窗子，而我頓覺心如刀割，發現自己無力回天，再也擋不住他的視線了。一會，我又問：「那些人後來有沒有把話傳出去？」

過沒多久，他離我更遠了。他的呼吸依舊困難，神情鬱結，看似有志不能伸，但卻怒意全無。接著，他像之前一樣抬起頭，瞧瞧濛濛天色；看樣子，他以往的支柱至此已消失殆盡，仍存留的只有某股難言的焦慮了。「哦，應該有。」他依舊回了我，接著補上一句：「我猜，他們應該把話說給喜歡的人聽了。」

這回答，比我想的單純一點，不過我還是思索了一會。「最後，大家都知道了嗎？」

「包括老師嗎？當然！」他回得很乾脆，「我以為他們不會說出去。」

「你說老師嗎？他們沒說，完全沒說過，所以我才會問你。」

他發燙的俊臉，再次轉了過來。「是啊，因為很難聽。」

「很難聽？」

「我偶爾會說那種話，他們覺得很難聽，不適合寫在信裡。」

這個人話語裡的矛盾，我見猶憐，卻又難以言喻，而唯一能確定的是我立刻破口大喊：「扯一堆，胡說八道！」但下一刻，我大概又正經起來了。「你究竟說了什麼？」

我正經的語氣，乃因處決他的裁判及劊子手而發，但他聽了卻又轉過身去，而我見狀，不禁大叫出聲，一個箭步向他撲去。這一切，都是因為那張蒼白的魔鬼臉孔，讓我們痛不欲生的惡棍，又在窗外出現了，還企圖打斷孩子懺悔，讓他無法繼續坦露下去。勝利轉眼成空，戰事再起，我因而頭暈了起來。顯然我奮不顧身這一撲，反倒掀了我的底，孩子從我的動作中似乎悟出了什麼，但看樣子，他不過是半信半疑罷了。現在窗子在他眼前一覽無遺，而他的苦痛也已達高峰，為此我燃起內心衝動，企圖視之為證據，證明他解脫了。「夠了！夠了！不要再來了！」我厲聲呼喊，想藉機壯大氣勢，壓過那位不速之客。

「那個女的來了嗎？」邁爾斯喘著氣說。他雖然失去感應力，卻悟出了我話裡的涵義。我一聽見「那個女的」，嚇得倒吸一口氣，不住複誦這幾個字。突然間，他勃然大怒，對我喊著：「潔索小姐，潔索小姐！」

我發現，他以為現在的狀況，跟芙蘿拉那天碰上的事有關。我愣了一下，又很想告訴他，現在的情形比之前好多了。「不是潔索小姐！在那裡，在窗戶外面！那個嚇人的膽小鬼，出現在我們面前了，這是最後一次了！」

他一聽，立刻晃起頭來，宛如一隻喪家犬，一下聞到了某個氣味，一下又發狂甩頭，力圖活命。他茫然失措，怒氣逼人，拼命朝著窗子張望；而這時，我雖感覺那惡棍早已化為毒氣，滿佈室內，但孩子看了半天，卻一無所獲。「是他嗎？」

眼見鐵證如山，我立刻沉住氣，直搗黃龍。「你說的『他』是誰？」

「彼得．昆特，你這個惡魔！」他的臉再度糾結，視線遊走室內，上下搜索著。「他在哪裡？」

終於，他願意指名道姓以報答我的付出，而他的聲音至今仍在我耳畔迴盪。「這很重要嗎，親愛的？他不會再影響我們了，你在我身邊了，」我朝那禽獸大吼，「你已經擺脫他了！」為了證明這一吼的威力，我便對邁爾斯說：「看那裡！你看那裡！」

然而，孩子已經全身抽搐，一會瞪、一會望，除了那片寧靜天幕外，便一無所見了。看著他惆悵失落，我沾沾自喜，但他卻像隻被拋入深谷的動物，發出了淒厲的哀號。這時我拉住了他，彷彿他墜崖時，被我接住了一般。沒錯，我接住他了，我抱住他了，我內心多麼激動自不在話下。但過沒多久，我便察覺，被我抱住的孩子有了變化。原來，一片靜謐之中，只剩我倆共處一室，而他解脫了，他嬌小的心臟，已經停了下來，不再跳動了。

國家圖書館出版品預行編目資料

豪門幽魂 / 亨利・詹姆斯 (Henry James)著 ; 柯宗佑譯. -- 初版. -- 臺北市 : 遠流, 2013.10
面； 公分
譯自 : The Turn of the Screw
ISBN 978-957-32-7276-2(平裝)
874.57 102017525

豪門幽魂

The Turn of the Screw

作　　者 亨利・詹姆斯 Henry James
譯　　者 柯宗佑
總 編 輯 汪若蘭
編　　輯 徐立妍
行銷企劃 高芸珮
封面設計 井十二設計研究室

發行人 王榮文
出版發行 遠流出版事業股份有限公司
地址 臺北市南昌路2段81號6樓
客服電話 02-2392-6899
傳真 02-2392-6658
郵撥 0189456-1
著作權顧問 蕭雄淋律師
法律顧問 董安丹律師

2013年10月1日 初版一刷
行政院新聞局局版台業字號第1295號
定價 平裝新台幣260元（如有缺頁或破損，請寄回更換）

ISBN 978-957-32-7276-2
YLib 遠流博識網 http://www.ylib.com E-mail: ylib@ylib.com

The Turn of the Screw
By Henry James
Complex Chinese edition published in Taiwan by Yuan-Liou Publishing Co., Ltd.